박포원의 미국 학교 이야기

박포원의 미국 학교 이야기

발행일   2021년 8월 9일

지은이   박포원
펴낸이   손형국
펴낸곳   (주)북랩
편집인   선일영   편집   정두철, 배진용, 김현아, 박준
디자인   이현수, 한수희, 김윤주, 허지혜   제작   박기성, 황동현, 구성우, 권태련
마케팅   김회란, 박진관
출판등록 2004. 12. 1(제2012-000051호)
주소   서울특별시 금천구 가산디지털 1로 168, 우림라이온스밸리 B동 B113~114호, C동 B101호
홈페이지 www.book.co.kr
전화번호 (02)2026-5777   팩스   (02)2026-5747

ISBN   979-11-6539-882-8 03810 (종이책)   979-11-6539-883-5 05810 (전자책)

(주)북랩 성공출판의 파트너

북랩 홈페이지와 패밀리 사이트에서 다양한 출판 솔루션을 만나 보세요!

홈페이지 book.co.kr   •   **블로그** blog.naver.com/essaybook   •   **출판문의** book@book.co.kr

작가 연락처 문의 ▶ ask.book.co.kr

작가 연락처는 개인정보이므로 북랩에서 알려드릴 수 없습니다.

교육위원의 눈으로 본
미국의 교육 현장

박포원의

미국 학교

이야기

박포원 지음

북랩 book Lab

목차

이 책은 저자가 『시카고 중앙일보』의
「J전문가 칼럼」에 「박포원의 학교 이야기」라는 제목으로
약 1년 6개월간 연재한 글을 다듬어
시간순으로 엮은 것이다.

★
교육위원회가 뭡니까?
★

지난 4월 정기 지방선거에서 중부 일리노이에 위치한 피오리아Peoria 근교의 던랩 학군Dunlap School District의 교육위원회school board 선거에 출마해 당선되었더니, 만나는 지인들마다 축하 인사를 건네면서 물어본다.

"그런데 'School Board'가 무슨 일을 하는 자리입니까?"

또 어떤 이는 내가 직장을 그만두고 이참에 정치계로 나가는 줄로 알았다고도 한다. 현재 일리노이를 대표하는 최연소 미 연방 하원의원인 아론 쇼크Aaron Schock가 처음 정치 입문을 바로 우리 옆 학군인 피오리아 학군Peoria School District의 교육위원으로 시작했으니 교육위원이 정치 입문의 관문으로 생각될 만도 하다.

교육위원회 회의 장면(가운데가 필자). 테이블 앞에는 교육위원들과 교육감 등이 앉아 있고, 객석에는 지역 주민들이 앉아 있다.

'School Board'는 미국 학교의 전형적인 민주주의 시스템에 기반을 두고 학교 또는 학군 단위로 조직되어 있다. 일리노이주에는 현재 868개의 교육위원회가 있고 약 6,000명의 교육위원들이 각 지역 학군을 위해 활동하고 있다. 18세 이상으로 선거권이 있고 해당 학군에서 1년 이상 거주한 사람이면 누구나 교육위원에 출마할 수 있는 자격이 있다. 일리노이의 경우 교육위원회는 연임 가능한 4년 임기를 가지는 일곱 명의 교육위원으로 이루어지는데, 홀수 해의 4월 첫째 화요일에 치러지는 지방선거를 통해 교육위원들의 반수에 해당하는 세 명 또는 네 명의 위원을 선출하게 된다.

교육위원회는 주州 정부로부터 그 권한을 위임받아 지역 주민으로 하여금 학교 운영에 적극적으로 참여하도록 하는 역할을 하기에, 주와 지방 정부에서 정한 도덕과 법을 지켜야 하는 의무가 있으며, 모든 학생에게 자유롭고 공평하면서도 동등한 교육의 기회와 최상의 공교육을 보장해야 하는 막중한 책임이 있다. 우리가 매년 내는 재산세 property tax의 반 정도가 지역 공립학교의 재정으로 들어가기 때문에, 교육위원회의 활동은 그 해당 학군에 사는 모든 사람들에게 직접적인 영향을 미친다고 하겠다. 그 재정을 가지고 각각의 지역 학군은 주 정부가 정하는 테두리 내에서 그 학군의 환경과 지향하는 가치에 따른 그 나름대로의 교육 프로그램을 제공하게 된다. 지역 공동체에서 수렴되는 의견을 학교 운영에 직접적으로 반영하기 위해 그 지역 사회를 대표하는 기관으로써 그 지역 주민들로 구성된 교육위원회를 두는 것이다.

학교 조직은 그 조직의 수장인 교육감superintendent이 있고 그 아래에 각 학교—초등, 중등, 고등학교—의 교장들이 있는데, 교육위원회가 교육감의 인사권—업무 평가, 채용과 해임 등—을 갖고 있으니 교육위원회가 그 학군의 최고 상위 기관이다. 교육위원회는 학교 재정, 직원의 인사, 학생의 징계, 시설 보수와 확충, 학과목 개설과 폐지, 학교 운동부 지원 등등에 최고 결정권을 갖고 있다. 이렇게 막강한 권한을 가지고 있기에 교육위원회의 결정과 판단은 정해진 규정을 따라서 법률이 인정하는 교육위원회 회의board meeting에서 표결을 통해 이루어질 때에만 그 효력이 있다. 교육위원회 회의는 누구나 참관할 수 있게 그 시기와 장소가 공고되며 작성된 회의록은 일반에 공개된다.

공립학교 교육위원은 비록 보수는 없지만 우리의 미래를 짊어질 어린 학생들을 위한 일이다. 또한 우리가 사회로부터 받은 혜택을, 누군가는 해야 할 교육위원회 활동을 통해 지역사회에 돌려줄 수 있다는 점에서 매우 보람이 크고 시간과 열정을 바칠 만한 의미 있는 봉사직이다. 그렇기에 우리 한인들도 많은 관심을 가졌으면 하는 바람을 가져 본다.

★
졸업식 단상 ❶
★

　처음으로 졸업생으로서도 아니고 졸업생을 둔 학부모로서도 아닌, 교육위원으로서 중학교와 고등학교 졸업식에 참석했다. 졸업식 순서는 참으로 간단했다. 한국 졸업식에서는 으레 있을 만한 상장 수여, 학교장 훈화, 지방 유지나 정치인 등의 축사, 교가 제창 같은 순서는 없다. 교장의 사회로 국민의례 후 간단한 인사말 그리고 차석 졸업생 salutatorian과 수석 졸업생valedictorian 소개, 이들의 고별사, 그런 다음에 졸업장 수여를 한 후 학교장이 졸업을 선포하면서 모든 순서는 끝난다. 하지만 식장 분위기는 평소 활기차고 자유분방한 학교의 모습과는 달리 차분하고 점잖다. 평소엔 넉넉한 주차장이 졸업식 때는 턱없이 모자랄 정도로 차가 잔디밭까지 꽉 들어차면서 할머니, 할아버지, 일가친척 등 대가족 단위로 졸업식을 찾는 모습이 화창한 날씨와 함께 보기에도 아름답다. 평소에는 편하게 입고 다니던 학생들이, 그래도 자신들이 주인공인 졸업식이라고 여학생들은 드레스를 입고 옆은 화장도 하기도 하며, 남학생들은 타이는 기본이고 언제 한번 입었을까 싶은 정장을 한 경우도 있다. 모두 철없는 어린아이들인 줄만 알았는데 오늘 보니 졸업해도 괜찮다 싶을 정도로 나이에 비해 제법 의젓하다.

고등학교 졸업식. 필자가 교육위원으로서 졸업생에게 졸업장을 수여하고 있는 장면이다.

교육위원이 졸업식에서 하는 일은 영광스럽게도 졸업장을 나누어주는 일이다. 학교 상담교사school counselor에 의해 호명된 학생들이 한 명씩 단상으로 걸어 나오면, 축하한다는 말과 함께 졸업장을 주며 기념 촬영도 한다. 몇 년 동안 수고하신 선생님들 대신 졸업장을 수여하니 한편으론 미안한 생각도 들었으나, 막상 순서가 되어 잠재력과 가능성이 무한한 어린 학생들을 가까이에서 바라보니 내 마음이 설레기 시작했다. 어떤 학생은 긴장해서 시선 둘 곳을 찾느라고 산만하고, 어떤 학생은 슬픈 표정으로 곧 울 것만 같고, 또 어떤 학생은 시종 얼굴에 웃음을 감추지 못하는 등등. 가지각색의 표정들을 바라보며 지금부터 10년 또는 20년 후의 그들의 모습을 그려 보니 오히려 내 마음이 들뜬다. 무한한 가능성을 가지고 미지의 세계로 첫발을 내딛는 그들이 너무 부럽다. 나도 다시 학생으로 돌아가면 어떨까 하는 부질없는 생각이 머리를 스친다. 물론 과거로 다시 돌아갈 수는 없으니 그렇다면 지금 내가 있는 위치에서 뭔가를 마무리하고 새로운 출발을 할 수 없을까 하는 또 한 번 상상의 나래를 펼쳐 본다. 새로운 것을 계획하고 시작한다는 것은 언제나 흥분되고 마음 설레는 일이 아닐 수 없다. 졸업하는 모든 학생이 이제 그들만의 인생을 계획하고 그 첫발을 내디딜 텐데 그중 누가 세상에 나가 성공을 할까? 마음 같아서는 누구나 모두 각자의 마음에 꼭 들고 정말 하고 싶은 일을 찾아 행복하게 살 수 있기를 바란다. 덧붙여 졸업생들에게 성공의 비밀에 관해 꼭 해 주고 싶은 말이 있다. 그것을 한마디로 말한다면, '항상 긍정적이고 적극적인 마음가짐'이라 할 것이다. 졸업하는 학생들 면면을 보니 지금 그들은 동일한 출발선상에 서 있다. 사회에 나가 성공하기 위한 필요조건은 머리가 남보다 좋아야 되는 것도 아니고, 좋은 부모가 있어야 하는 것도 아니며, 돈이 더 많아야 되는 것도 아니다. 성공한 사람들의 배경을 보면 남들보다 더 어려운 조건에서 역경을 딛고 일어난 경우가 많지 않던가? 우리 학생들이 역경에서 가능성을 볼 수 있는 긍정적인 사고, 어려움이 닥치더라도 물러서지 않는 용기, 자신에게 주어지는 기회를 적극적으로 살릴 수 있도록 성실히 노력하는 태도를 가진다면 아마도 성공은 저절로 따라오지 않을까 생각해본다. 그렇게 생활한다면 그들은 10년 후 홈커밍데이Homecoming Day에 틀림없이 더 멋있는 모습으로 나타나게 될 것이다.

★

스펠링비

★

'온건, 신중'이라는 뜻의 sophrosyne. '고고학에서의 선돌'이라는 뜻
의 menhir. '어떤 종種이 다른 큰 종류 위에 실려 운반되는 기생寄生
관계'라는 뜻의 phoresy. '로마의 문학·예술 보호자'라는 뜻의 mae-
cenas. '정치, 종교 등에 관심이 적은 사람'이라는 뜻의 laodicean. 무
슨 말인지도 모를 이 다섯 단어가 2009년 스펠링비[1]의 챔피언을 가
렸다. 라운드를 거듭할수록 점점 더 어려운 단어가 나오고 한 번이라
도 철자를 맞추지 못하면 그대로 탈락하기에, 스펠링비는 보는 사람
으로 하여금 손에 땀을 쥐게 만든다. 지난 목요일 저녁 전국에 생중
계된 스펠링비 최종 결승전은 특히 관심 있게 봤다. 필자가 교육위원
으로 있는 던랩중학교Dunlap Middle School에 재학 중인 카일 무Kyle
Mou 학생이 최후의 11인이 벌이는 마지막 결승에 진출했기 때문이다.
올해로 3년 연속 결승 진출한 카일은 결국 4위에 오르는 쾌거를 이루

---

1)　스펠링비Spelling Bee: 철자 맞추기 경기 대회.

었고, 이제 여기 피오리아 지역에서는 그를 모르는 사람이 없을 정도로 유명 인사가 되었다.

학교 다니는 아이를 둔 가정에서는 학교에서 매년 실시하는 스펠링비에 대해 잘 아실 것이다. 비영리 기관인 스크립스사가 주관하는 80여 년 전통의 '스크립스 전미 스펠링비 대회Scripps National Spelling Bee'는 287여 개의 스펠링비 후원사와 함께 학생들의 철자법과 어휘력 향상 등을 위해 매년 열리는 미국 최대 규모의 교육 행사다. 전국의 초등학생과 중학생이 학교 단위의 예선부터 참가해서, 지역 결선을 거쳐 워싱턴 D.C.에서 열리는 최종 결승을 통해 매해 챔피언을 뽑는다. 전국 8학년 이하 모든 학생들 중에 철자법에 가장 뛰어난 학생을 뽑는 대회인 만큼 그 관심도 높아, 최종 결승전은 ABC에서 황금시간대를 배정해 전국에 생중계한다. 올해는 특히 미국 부통령 조 바이든Joe Biden의 부인인 질 바이든Jill Biden이 방청석에서 대회를 직접 관전하기도 했다.

후원사들은 보통 지역 신문사나 유명한 단체들인데, 이들이 주최하는 지역 대회에서 우승하면 워싱턴 D.C.에서 열리는 전국 결승에 참가할 자격이 주어지고, 참가 경비 등을 지원받는다. 일반적으로 16세 미만 8학년까지 참여할 수 있다. 1978년 대회부터는 국제적 대회로 문호가 넓혀져 외국에서도 참가가 가능하다. 올해는 한국을 포함해서 캐나다, 유럽, 뉴질랜드, 가나, 괌, 자메이카, 중국, 푸에르토리코 등에서도 참가했다 한다.

스펠링비에서 잘하기 위해서는 꼭 영어가 모국어일 필요는 없는 모양이다. 올해 결승 진출자 293명 중 33명이 영어가 모국어가 아니며 117명은 영어 외에 다른 언어를 구사한다 하니, 누구나 노력만 한다면 잘할 수 있는 아주 공평한 게임이다. 출제되는 모든 단어는 『웹스터 신국제사전 제3판Webster's Third New International Dictionary』에서 나온다는데, 이 사전의 단어를 그냥 외우려 하기보다는 단어의 뜻과 쓰임새, 어원 그리고 특히 철자와 발음과의 상호 관계를 이해하는 방향으로 공부를 하는 것이 재미도 있고 스펠링비를 준비하는 데 효과적일 것이다. 특히 많은 영어 단어가 그리스어와 라틴어에 그 근본을 두고 있으므로 거기서 온 음절이 어떻게 나누어지고 다시 조합되어서 한 단어의 뜻을 갖게 되는지를 이해하면 스펠링비의 비밀을 반은 풀었다 할 수 있을 것이다. 거기에 더해서 스페인어와 불어로부터 영향을 받은 불규칙적인 묵음默音의 철자법까지 익힌다면 웬만한 단어는 정확히 맞힐 수 있는 능력이 배양될 것이다. 그러나 역시 무엇보다도 중요한 것은 스펠링비에 도전하는 학생 스스로 단조롭게 느껴질 수 있는 철자법에 흥미를 가져야 하고, 남들보다 더 많은 노력을 할 만큼 끈기가 있어야 한다는 것이겠다. 그렇게 할 수 있다면 결승전이 열리는 워싱턴 D.C.는 생각보다 가까이에 있을 듯싶다.

★
징계
★

　봄방학 이후 학기가 끝나는 4월과 5월은 교육감과 학교장들이 긴장하는 달이다. 통계로 봐서 학칙 위반에 따른 학생들에 대한 징계 건수가 가장 높은 달이기 때문이다. 학생들은 학기 초에 가졌던 긴장감이 날씨가 따뜻해짐에 따라 풀어지는지 다소 해이해지는가 보다. 특히 졸업을 앞둔 시니어senior들은 졸업하기 전에 재미있는 추억을 만들려고 치기 어린 장난prank을 하기도 한다. 그런데 그 정도가 지나치면 가차 없이 징계가 주어지기 때문에 주의를 해야 한다.　일리노이에 있는 메타모라Metamora시의 한 고등학교에서는 시니어들이 졸업 전 마지막 수업을 하는 날 점심시간에 학교 식당에서 단체로 음식을 던지는 장난food fight을 해서 문제가 되었다. 약 75명의 학생이 1분 정도 사달을 벌였다는데, 가담한 많은 수의 학생들이 정학 처분을 받았고 학기 말에 있는 각종 운동경기의 결승전에도 참여하지 못하게 되었다. 그중에 60명 정도의 시니어들은 졸업식에도 참여하지 못하는 중징계를 받았다. 학생들은 그 정도는 괜찮을 줄 알고 장난을 쳤겠지만, 학교에서 정한 규율을 벗어나면 여지없이 벌을 받게 되어 있다.

　다양하고도 많은 학생들이 모이는 학교는 자유로우면서도 건설적인 배움의 터가 되어야 한다. 그러기 위해서 학교 조직 안에 있는 학생들과 선생님들을 포함해 모든 사람들의 권리와 안전을 지키고자, 학교 교육위원회는 학교에서 지켜야 하는 규율과 그것을 지키지 않음으로써 내부 질서를 문란하게 한 자에게 주어지는 징계와 그 수위에 대해 정해 놓았다. 학기 초에 학교는 등록한 학생들 가정으로 필요한 서류들을 보내는데, 많은 학생들과 부모들이 무심코 지나칠 수 있는 학교의 행동 품행 지침서code of conduct & hand book를 잘 읽어 봐야 한다. 그 안에는 학교 내에서뿐 아니라, 스쿨버스, 기타 교외 활동 등에서 지켜야 하는 행실과 규율 그리고 징계에 대해 자세히 설명되어 있다. 학생들이 서명을 해서 학교에 제출하는 것이니만큼 어떤 내용이 있는지를 아이들과 이야기하며 그 자세한 사항들을 숙지할 필요가 있다. 대부분은 상식적으로 이해가 가는 부분이 많지만, 학교마다 특별히 정해 놓은 규칙들을 잘 살펴 실수로 규정을 어기는 일을 피해야 하겠다. 예를 들어 최근 이용이 늘고 있는 전자 제품—휴대폰, 태블릿 PC 등—에 대한 규제가 있고, 장난에 이용될 수 있는 물총, 물풍선, 면도용 크림, 레이저포인터 등은 학교에 가져올 수 없게 되어 있다.

학생의 행동이나 말이 학교의 교육 활동이나 다른 학생들의 권리 및 행동을 방해하거나 기물을 훼손할 때, 거기에 상응하는 징계를 받게 된다. 징계는 가볍게는 방과 후 학교에 남게 하기office detention로부터, 정도에 따라 1~10일의 정학suspension 그리고 가장 심한 퇴학expulsion 등이 있다. 무기나 마약, 술 등은 가지고 있기만 해도 바로 퇴학 처분을 받는다. 화재경보기를 장난으로 울리게 하거나 근거 없는 소문을 퍼뜨리는 것, 약한 친구들을 괴롭히는 짓bullying이나 학생들 간의 싸움 등도 정학 징계 대상이 된다. 학생들이 순간적으로 흥분해서 무심코 저지르는 실수 중 가장 흔한 것이 언어폭력이다. 특히 선생님 또는 학교 스태프staff 등에게 해서는 안 될 욕을 하거나 무례한 짓을 범하면 이유 불문하고 자동적으로 정학 처분이 내려진다.

자기가 한 선택과 행동에 따른 책임을 지게 하는 것은 학교 교육의 중요한 부분이다. 학생들이 졸업해서 나가게 되는 사회는 학교 안에서보다 위험과 유혹이 훨씬 많기 때문이다. 무엇이 옳고 그른지의 판단은 물론이고, 무슨 일이든 거기에 상응하는 대가를 치르게 된다는 것이 세상 사는 진리임을, 학생들이 학교생활을 통해 깨달았으면 하는 마음이다.

★ 주 결승에서 얻은 교훈

★

 5월 말부터 6월 초에는 봄 학기의 학교 운동경기를 총 결산하는 결승전 경기가 한창이다. 7학년에 다니는 우리 딸이 육상 종목으로 주 결승State Final에 출전하는 자격을 얻은 덕분에, 처음으로 주 결승 경기를 관람했다. IESAIllinois Elementary School Association에서 주관하는 제25회 육상 경기 결승전은 5월 22, 23일 이틀간 이스트 피오리아East Peoria에서 열렸다. 일리노이주 클래스Class AA에 소속된 244개 중학교 학생 중에 지역 예선sectionals을 통과한 7, 8학년 총 2,600여 명의 남녀 학생 선수가 참여했다. 지역 예선은 학교가 속한 지역별로 10~20개의 학교들로 조직이 되어 있다. 지역 예선에서 1, 2등으로 통과한 선수에게만 결승전 출전 자격이 주어진다. 올해 대회에 주 결승에 한 명이라도 선수를 출전시킨 학교가 무려 233개나 되었다니 그 조직의 치밀함과 규모에 놀라지 않을 수 없었다. 실로 많은 사람들이 경기를 보러 경기장을 찾았는데 마치 올림픽이 열리는 경기장에 들어

선 것 같은 분위기를 느낄 수 있었다.

일리노이 중학부 주 결승 입장식 장면이다.

IESA는 남학생만의 육상 경기를 1932년부터 주최해 왔는데, 놀랍게도 여학생의 참여는 1972년이 되어서야 시작되었다 한다. IESA는 14개의 육상 종목에 7학년과 8학년 남녀가 각각 참여하기에 총 56개의 금메달을 놓고 겨룬다. 8위까지 시상을 하는데 입상 순위에 따라 종합 점수를 계산해 종합 우승 학교를 가리기도 한다. 역대 기록들은 IESA 웹사이트 www.iesa.org에 자세히 정리되어 있다.

우리 딸은 7학년에 들어서 처음으로 육상을 시작했는데, 100미터 허들과 400미터 계주에 소질이 있었는지 학교 육상 팀에 들어갔다. 방과 후 매일 두 시간씩 훈련을 하니 나날이 기록이 향상되며 그에 따라 딸은 육상에 재미를 붙여 갔다. 시즌 중에 지역별 경기 연맹에서 주최하는 육상 대회에 나가 입상을 하기도 하니 자기가 운동을 잘한다고 은근히 자랑하기도 했다. 지역 예선에 나가 허들과 계주에서 우승함으로써 주 결승에 나갈 수 있는 출전권을 얻으니 그 자신감이 충만해서는 자기가 무슨 선수라도 된 듯 폼을 잡는데, 필자는 그러는 딸이 내심 귀여우면서도 한편으론 이 아이가 아직 세상을 보지 못한 우물 안 개구리라는 생각이 들었다. 주 결승 역대 기록을 찾아보니 딸의 기록보다 훨씬 나은 기록들이 많이 올라와 있었다. 실제로 주 결승에 가서 보니 정말 잘하는 선수들을 많이 볼 수 있었다. 신체 조건은 물론이고 얼마나 연습을 했는지 그 기술도 월등히 우수했다. 장차 국가 대표 선수감이 여기서 시작되나 싶을 정도로 대단했다. 참여한 선수들 중에 중간 정도의 성적을 올린 딸과 집으로 돌아오며 이야기를 나누었다.

"주 결승에 와 보니 차원이 다르지?"

딸은 고개를 끄덕이며 동감을 한다.

"그래, 이 세상은 네가 생각하는 것보다 훨씬 크고 넓단다. 내가 잘한다고 생각하며 방심하는 순간에도 나보다 잘하는 사람들이 이미 상당히 많고, 또 나 못지않게 더 잘해 보려고 노력하는 사람들은 더욱 많단다. 네가 다니는 학교 또는 네 학교가 속한 지역이 세상의 전부가 아니란다. 다른 동네, 다른 주, 다른 나라에는 수많은 네 또래의 학생들이 살고 있고, 또 나름대로 열심히 노력하고 있단다."

한국에서 바로 이민 온 한인 1세와는 달리 우리의 2세들은, 다행스럽게도 1세보다는 나은 환경에서 자라고 있다고 할 수 있을 것이다. 그런데 생활이 풍족하고 부족함이 없으면 자칫 게으르게 되고 왜 열심히 살아야 하는지를 쉽게 잊게 된다. 1세가 아무리 힘들었던 경험담을 들려주고 주옥같은 조언을 하려 해도, 어려움을 모르고 자라는 2세들에게 제대로 전달되기는 어렵다. 2세들이 자기가 좋아하는 그 무엇인가를 열심히 하면서 자신의 노력이 결실로 나타날 때 느끼는 희열감을 몸소 체험할 수 있도록, 1세들이 그 교량 역할을 해 주어야 하겠다. 거기에 더해 2세들이 1세들의 근면 정신을 이어받아 매사에 열심히 하는 습관을 들인다면, 이 땅에서 우리의 2세들이 가진 가능성은 실로 무궁무진하다 하겠다.

★
수업 일수

★

 여름방학이 시작된 지도 몇 주가 지났다. 3개월가량의 여름방학은 참 길다는 생각이 들면서, 겨울과 봄 방학 그리고 토요일과 연방 공휴일까지 포함하면 학생들이 과연 학교에서 보내는 시간이 얼마나 되는지 궁금하기도 하다.

 우리가 아이들을 대부분 공립학교에 보내기에 공교육의 질과 양에 관심이 높을 수밖에 없으며, 좋은 학교가 있는 학군에서 살기를 소망한다. 하지만 어느 학교나 수업 일수는 주州 법으로 정해 놓은 것을 따를 뿐이다. 좋은 학교라고 해서 수업 일수가 더 많은 것이 아니다. 대부분의 주가 법정 수업 일수를 연간 180일 전후로 정해 놓고 있다. 하지만 이런저런 이유로 수업이 없는 날, 즉 학부모와 선생님들이 아이들 학습 성취도에 관해 이야기하는 날parent-teacher conference days과 선생님들의 계속교육을 하는 날teacher institute/workshop days 등등을 제외하면 정말 학생들이 수업을 받는 날은 이보다 줄어든 174일 남짓 정도가 된다. 심지어 중·고등학교 졸업반은 졸업식에 맞추기 위해 실지로 수업을 받는 날은 더 줄어들게 된다. 이는 일본, 한국, 이스라엘 등 교육열이 높은 나라의 220일 정도에 달하는 수업 일수에 비해 상당히 적은 수업 일수다. 이래서는 우리 아이들이 고등학교를 졸업할 때, 글로벌화되어 가는 세계 속의 다른 나라 젊은이들과 당당히 겨룰 수 있는 경쟁력을 가질 수 있을 지 심히 우려스럽다. 우리 아이들이 대학에 진학하거나 사회에 진출할 때쯤이면 지역에 상관없이 우수한 인재들이 전 세계를 오가며 경쟁할 것이기 때문이다.

오바마 미국 대통령은 이러한 글로벌 무한 경쟁 시대의 심각성을 인지했는지, 취임 후 몇 개월 지나지 않은 지난 3월 특별 연설에서 날로 떨어져 가는 미국 학생들의 학습 능력을 지적하고 21세기에 대비한 교육개혁에 대한 소신을 피력하면서, 한국을 교육혁신의 모델의 예로 들었다. 그는 "미국의 학생들은 매년 한국의 학생들보다 한 달가량 수업 일수가 적다.", "새로운 세기의 도전은 학교에서 학생들이 더 많은 시간을 공부할 것을 요구한다."라고 말하면서 수업 일수를 늘릴 것을 제안했다. 과거 학생들의 노동력이 필요하던 시기에 운영된 학교 수업 일정을 아직도 고수한다는 것은 무한 경쟁의 21세기에는 적합하지 않다고 보고 교육 시간의 개혁을 촉구했다는 것이다.

수업 일수가 상대적으로 짧은 미국은 한국을 본받아 수업 일수를 늘리려 하는데 한국은 거꾸로 수업 일수를 줄였다. 올해부터 적용되는 주 5일 수업이 월 2회 실시됨에 따라, 220일이었던 수업 일수가

200일 전후로 10퍼센트가량 줄어든다 한다. 다양한 열린 학습 기회를 제공해 탐사 활동 및 체험 학습을 통한 창의적 학습 능력을 신장시키고, 학교 밖으로 학습 공간을 끌고 나옴으로써 견문과 교양을 넓히고, 가족과 이웃을 포함한 지역사회와 함께 활동하는 기회를 제공해 올바른 인성과 건전한 사고를 함양하고, 그리하여 궁극적으로 전인격적 성장을 도모하며 더불어 살아가는 공동체 의식을 함양하기 위해서라고 한다. 입시 위주의 교과과정에서 쳇바퀴 돌듯 공부만 해야 하는 한국의 학생들과, 학원비 대느라 허리 휘어지는 학부모들에게는 반가운 소식일 것이다.

대다수의 한인 가정이 미국에 정착하게 된 큰 이유 중의 하나가 바로 아이들 교육을 위해서일 것이다. 아이들 교육에 관한 문제는 부모가 평생을 풀어도 정답을 찾기 어려운 고난도의 난제임에 틀림없다. 많은 한인 1세들은 미국식 교육 방법을 선호하면서도 가정에서는 자녀들에게 한국식 교육 방식을 권하는 경우가 많을 것이다. 남의 것이 더 좋아 보이는 법이라고, 정부 주도의 교육개혁에 있어서도 서로 간에 엇갈리는 교육 시스템 발전 방향을 보면서 미국은 한국을, 한국은 미국을 본받으려는 것 같아 흥미롭다.

시카고 미주 체전

★

지난주 6월 26일부터 28일까지 시카고에서 제15회 미주 한인체육대회Korean-American National Sports Festival가 열렸다. 미국에 20여 년간 살면서 이러한 행사가 있다는 것을 알고는 있었지만, 대회에 직접 참여해 보기는 이번이 처음이었다. 2주 전 이 칼럼에서 우리 딸이 육상주 결승에 참가했던 이야기를 소개했더니, 어느 독자님이 제 글을 보시고 시카고 육상협회에 연락을 하셨나 보다. 육상협회 관계자 분이 직접 연락을 해 오셔서 딸을 시카고 육상팀에 전격적으로(?) 스카우트하셨다. 금요일 저녁에 개막식이 열리는 하퍼칼리지Harper College에 도착하니 많은 환영 현수막과 간이 천막이 설치되어 있었고, 개막식후 전야제 공연으로 축제 분위기를 느낄 수 있었다. 사실 미국에서 한 장소에 한인들이 그렇게 많이 모인 것은 본 적이 없었다. 각각의 지역을 대표하는 유니폼을 입고 각 지역에서 모인 선수단들을 보니이 행사의 규모를 짐작할 수 있었다. 이번 대회에 참가한 팀은 미국

내 지역 한인 대표팀 25개와 처음 참가하는 캐나다 팀 2개, 총 27개 팀이었다. 축구, 야구, 농구, 배구, 레슬링, 사격, 육상, 수영, 씨름, 골프, 태권도, 테니스 등 정식 종목 17개와 아이스하키 등 시범 종목 3개, 총 20개 경기 종목에서 겨루기 위해 2,500여 명의 선수들이 각 지역에서 참가했다 한다.

미주 한인들에게는 이 체육대회가 상당히 의미 있는 행사다. 전 세계 많은 민족이 모여 사는 미국에서 자기들만의 체전을 정기적으로 여는 단일 소수계는 아마도 한인들이 유일할 것이다. 미주한인체육대회, 즉 미주체전이 처음 시작된 것은 1981년 LA에서였다고 한다. 이후 2년마다 한 번씩 각 도시를 돌며 열리고 있고, 시카고 지역에서 대회가 개최되는 것은 1985년 제3회 대회와 1993년 제7회 대회에 이어 16년 만이라 한다. 이렇게 비중 있는 대회이기에 지역 한인회장과 총영사는 물론 일리노이 주지사, 시카고 시장, 일리노이 총무처 장관, 워싱턴 주 상원의원, 일리노이 연방 하원의원 등 각계 유력 인사들이 행사에 참여하거나 축사를 보내왔다.

넓은 미국 대륙에 흩어져 사는 한인들이 이렇게 한자리에 모여 행사를 갖는다는 것은, 웬만큼 준비해서 가능한 일이 아닐 것이다. 이 행사를 30여 년간 이어 오면서 재미在美 체육인들이 얼마만큼의 노고와 자기희생 그리고 열정을 끈기 있게 쏟아부었을지 정말 가늠하기가

미주한인체육대회에 출전한 시카고 대표팀의 모습이다.

어렵다. 그동안 여러 가지 난관과 어려움이 있었을 텐데 미주 동포들의 자발적인 참여와 지원으로 이어져 온 그 자체가 행사의 성공 여부를 떠나 정말로 감동적이다. 특히 올해 대회는 극심한 경기 불황 속에서도 많은 어려움이 있었지마는, 어떤 팀은 멀리 동부에서부터 버스를 타고 오는 등 모두가 열의를 보임으로써 체전은 성공적으로 치러질 수 있었다.

  미주체전은 스포츠를 통해 미주 동포들이 한자리에 모여 교류하고 친목을 다지는 잔치일 뿐 아니라, 자라나는 젊은 한인 1.5 및 2세대에게 한국의 문화, 한국인의 정체성과 한인으로서의 긍지를 함께 심어 줄 수 있는 장으로서 그 역할이 상당히 크다고 할 수 있겠다. 그리고 우리 민족의 화합된 모습과 높은 기상을 미국에 사는 여러 민족과 시민들에게 널리 알리는 계기가 되었다고 믿는다. 비록 짧은 시간이었지만, 이러한 축제를 통해 같은 또래의 한인 친구들과 쉽게 어울리는 어린 선수들을 보니 기쁘다. 우리의 2세대에게 이렇게 소중하고도 뜻깊은, 전 미주 동포들의 자랑스러운 자존심의 터전을 마련해 주기 위해 주축이 된 이민 1세대, 체육인 관계자, 보이지 않는 곳에서 자원봉사 해 주신 여러분께 감사드린다. 2년 후 열리는 다음 행사에는 우리 아이들과 함께 보다 적극적으로 참여해야겠다는 생각을 해 본다.

  매년 6월과 9월이면 주택을 보유한 가정은 재산세property tax를 내야 하기에 재정적인 고민을 하게 된다. 해마다 조금씩 오르는 부동산세는 최근 불경기에도 불구하고 올해도 어김없이 올랐다. 미국의 세금 비율은 한국보다 상대적으로 높아 납세에 대한 부담감과 거부감도 없지는 않다. 도대체 내가 내는 세금이 어디에 어떻게 쓰이고 다시 내게 어떤 혜택으로 돌아오는지 궁금하기도 하다. 미국의 세금은 무려 100여 가지나 된다고 하니 세금 전문가기 아닌 이상 그 자세한 용도나 쓰임을 알 수는 없다. 하지만 한 가지 확실한 것은, 세금은 항상 어김없이 부과된다는 것이다. 그래서 "인생에서 절대 피할 수 없는 두 가지는 죽음과 세금"이란 농담도 있다.

  주택 보유에 따라 부과되는 부동산세는 대부분 지역 공동체로 되돌아가는 돈이고 그 돈의 절반 정도가 자녀들이 다니는 지역 공립학교로 투자되니, 자녀가 있는 가정은 아이들 수업료 내는 셈 치고 부동산세를 납부할 것이다. 학교에 할당되는 세금의 많고 적음은 먼저 부과금levy이라고 하는 징수액의 세율이 결정됨으로 시작된다. 예를 들어 필자가 교육위원으로 있는 던랩 학군의 세율은 올해 기준으로 4퍼센트 정도로 정해졌다. 이를 집값 시세의 3분의 1 정도에 해당하는 값을 곱해서 나온 액수만큼 자신이 내는 세금이 학교 재정으로 쓰이게 되는 것이다. 학군마다 그 재정을 지원받는 재원이 조금씩 다르지마는 대부분 그 학군에 사는 가정들이 납부한 부동산세가 재원의 주축을 이루며, 일부는 주 정부와 연방 정부 그리고 학생들이 내는 비용으로 충당된다. 그 밖의 예산은 학부모의 자발적인 참여로 이루어지는 자원봉사나 기부금으로 충당하기도 한다. 학교에 들어가는 재정은 생각보다 그 규모가 상당히 크다. 던랩 학군의 경우 유치원부터 고등학교까지 7개 학교에 3,000명이 좀 넘는 학생과 300여 명의 선생님들과 스태프분들로 학교가 운영되는데, 이를 지원하기 위한 학교 전체 예산이 3400만 달러—한화로 약 386억 원—정도 된다. 예산의 많은 부분이 선생님과 학교 스태프들의 보수로 지출되며, 학교 건물과 시설의 건축, 유지 및 보수, 스쿨버스 운용비, 보험, 기자재 및 교재 구입, 특수 교육비, 교내 식당 운영비 등등에 지출된다. 예산의 규모나 그 상세한 회계를 살펴보면 실로 다양한 부분들에 필요한 예산이 집행된다.

학교 재정 확보는 학교를 운영하고 학교와 지역사회가 지향하는 교육 활동을 실천해 나가는 데 필수적인 경제 활동이다. 학교 재정은 그 학교 지역 사정에 맞도록 그 운영의 자율성이 보장되는 동시에 학교 운영과 관련된 중요한 의사 결정에 학부모와 지역 주민을 대표해 학교 교육위원회가 적극적으로 참여함으로써 학교 예산 집행의 합리성, 수익성, 투명성 등을 확보해 학교 교육 목표 달성을 민주적이면서도 효율적으로 하게 한다. 공립학교의 예산 편성과 집행 결과는 일반에게 공개하도록 되어 있어 누구나 원하면 열람할 수 있다.

최근에 불어닥친 불경기는 학교의 재정에도 예외 없이 직접적인 영향을 미치고 있다. 비용 절감을 위해 어떤 학교는 계획된 교육 활동의 일부를 취소하기도 하고, 재정 상태가 심각한 학군의 경우에는 몇 개 학교를 통폐합하면서까지 예산의 수지 균형을 맞추려 필사적으로 노력하기도 한다. 학교 재정이 부족해지면 정상적인 교육 활동이 불가능하게 되며 따라서 교육의 양석, 질적 지하를 초래하게 된다. 불경기가 장기화되면 결국엔 우리 학생들이 학교생활에서 반드시 받아야 할 교육 서비스의 양과 질에 영향을 받게 될 것 같아 걱정이 앞선다.

★

캠퍼스 방문 ❶

★

필자의 가친家親께서는 대학 교수이셨다. 그렇기에 필자는 어렸을 때부터 아버지가 근무하시는 대학에 자주 찾아갔었고, 아버지가 하시는 일과 대학 문화에 대해 일찍 접할 수 있었다. 따라서 자연스럽게 '나도 이 대학에서 공부해야겠구나.' 하는 다짐을 스스로 할 수 있었다. 필자가 고등학생이었을 때 한번은 친한 친구와 그 대학에 놀러 간 적이 있었다. 입시를 치른 후 그 친구와 그 대학에 나란히 입학하게 되었는데, 세월이 한참 지나 그 친구가 내게 해 준 말이 아직도 기억에 남는다. 친구는 그때 그 대학을 우연히 방문한 것이 큰 계기가 되어 그 대학 입학을 목표로 공부를 열심히 할 수 있었다고 했다.

긴 여름방학 동안에 고등학생들이 할 만한 일들과 또 꼭 해야 하는 일들은 여러 가지가 있을 수 있겠다. 자신이 부족한 부분의 SAT나 ACT 시험 준비를 한다든지, 서머캠프에 다니거나, 인턴십internship 또는 봉사 활동을 하거나, 파트타임 일 등등을 하면서 시간을 잘 활용하고 있으리라 생각된다. 이러한 여러 가지 일들 중에서도, 대학 진학과 직접 관련되면서 방학 동안에 가족과 함께 할 만한 일 중에 가장 중요한 것은 '대학 캠퍼스 투어'가 아닐까 싶다. 특히 고등학교 저학년인 9, 10학년들. 그들에게는 아직 대학이라는 것이 멀리 느껴질지도 모르겠으나, 직접 대학을 찾아 학교 규모나 분위기 등을 눈으로 직접 확인하고 체험하는 캠퍼스 투어는 되도록 일찍 시작하는 것이 학생들에게 도전과 목표 의식을 심어 주기 위해서도 바람직하다. 실지로 대학을 직접 방문해 보면, 자신과 비슷한 또래의 다른 학생들이 얼마나 진지하게 대학 입학을 미리부터 준비하고 있는지, 이를 통해 자신은 무엇을 어떻게 해야 하는지를 보다 구체적으로 느끼게 될 것이다.

보통 많은 학생들은 텔레비전 운동경기 중계를 보다가 알게 된 대학, 주위에서 많이 가는 대학, 또는 한인 부모들이 선호하는 소위 '명문 대학'에 대해 막연하세나마 '아마도 이 대학은 이럴 것이다.' 하며 자신만의 상상을 하고 있을 것이다. 머릿속에 그러한 상상으로 떠오르는 대학들에 대해 좀 더 구체적인 정보를 얻고자 한다면, 그 대학 웹사이트에 들어가 보거나, 그 대학에 다니는 아는 이들에게 물어볼 수도 있을 것이다. 그러나 옛말에도 "백문百聞이 불여일견不如一見." 즉 "백 번 듣는 것이 한 번 보는 것만 못하다."라고 한 것과 같이, 관심 있는 대학에 직접 찾아가 보는 것이야말로 그 대학이 과연 어떤 대학

인지 알아볼 수 있는 가장 효과적인 방법이다.

투어 가이드(해당 학교의 재학생)로부터 학교에 대한 설명을 듣고 있다.

　　캠퍼스 투어 가이드의 설명을 들으며 학교와 그 주변을 둘러보고, 현지 재학생들의 생생한 이야기와 입학 사정관들로부터 직접 학생 선발 기준을 들어 보면, 그 대학의 실제 모습, 그 학교의 특징과 장점 등이 바로 마음에 와닿는다. 이러한 체험을 통해서 얻게 되는 가장 중요한 소득은 막연한 상상으로부터 벗어나 자신에게 맞는 대학에 대한 구체적인 시각이 생기며, 그 대학에 입학하고자 하는 의지를 굳히게 되는 것이라 할 수 있다. 그 강한 의지로 인해서 대학 입학을 위해 필요로 하는 수준의 성적을 얻고자 열심히 공부하게 될 것이고, 그 밖에 필요로 하는 여러 자질을 갖추기 위해 최선의 노력을 다하게 될 것이다. 이러한 대학 탐방의 기회를 주는 것이 "공부 열심히 하라." 또는 "좋은 대학에 가야 한다."라는 부모들의 흔한 잔소리나 거창한 훈계보다는 학생들에게 대입 준비를 위한 마음 자세를 가다듬는 데 훨씬 효과적일 것이다.

이번 여름방학 동안 가족과 함께 대학 캠퍼스 방문을 통해 자신이 관심 갖고 있는 학교, 자신에게 맞는 학교에 대해 가족과 함께 의논해 볼 수 있는 시간을 갖는다면, 이번 여름방학은 의미 있는 방학이 될 줄로 믿는다.

★
캠퍼스 방문 ❷
★

    지난 일주일 휴가를 내어 가족 여행 겸 대학 캠퍼스 탐사를 다녀왔다. 무려 2,200마일을 일주일 만에 달리는 다소 빡빡한 일정이었지만, 가족 모두에게 즐겁고도 유익한 여행이었다. 첫아이가 이번 가을에 11학년에 올라가니 우리에게도 대학 입학이라는 대명제가 코앞에 닥쳤는데, 미국 대학 입시는 우리도 처음 경험하는 것이라 여느 부모들처럼 직접 몸으로 부딪치면서 배워 나가야 할 형편이다.

    일리노이에서 동쪽으로 온종일 달려 먼저 필라델피아로 갔다. 필라델피아는 미국이 탄생한 곳이고 한때 미국의 수도였기에, 볼 만한 역사적인 유물과 건물이 많아 아이들 역사 공부에 적합했다. 금이 가서 더 유명해진 자유의 종Liberty Bell, 독립선언서 및 미 헌법의 기초가 만들어진 독립기념관Independence Hall, 미국 최초의 은행 건물, 미국 독립의 시발점이 되었던 카펜터스홀Carpenters' Hall 등을 돌아보니 불과 230여 년 전의 그 역사적 사건들이 있었기에 우리가 지금 여기서 살 수 있구나 하는, 전에 느끼지 못했던 새로운 감회感懷에 젖었다. 필라델피아에 간 또 다른 이유는 그곳에 프린스턴대학교Princeton University와 펜실베이니아대학교University of Pennsylvania가 위치해 있기 때문이었다. 펜실베이니아대학교, 즉 'U Penn'은 필라델피아 시내에, 프린스턴대학교는 약 한 시간 정도 떨어진 프린스턴이라는 외곽 전원도시에 자리 잡고 있었다. 역시 아이비리그 최고의 학교답게 높은 자부심을 느낄 수 있었지만, 학생들을 유치하기 위한 자기 학교에 대한 상세한 설명과 안내는 인상적이었다.

다음 날에는 필라델피아에서 바로 북쪽으로 올라가 카유가호Cayuga Lake와 이타카Ithaca가 아름답게 내려다보이는 언덕 위에 웅장하게 위치한 코넬대학교Cornell University를 방문했다. 코넬대학교도 아이비리그 소속이지만 그 성격은 앞의 두 학교와 확연히 다른 점이 있었다. 사립이지만 뉴욕주의 지원을 받는 공립의 성격도 가지고 있다. 따라서 보다 많은 학생에게 교육의 기회를 주기 위해 재학생 수가 아이비리그 대학 중에 가장 많으며, 따라서 합격률도 다른 아이비리그 대학보다 다소 높다고 한다.

투어 가이드(해당 학교의 재학생)로부터 학교에 대한 설명을 듣고 있다.

코넬대학교 방문을 마친 후에는 가족 휴가의 목적지인 나이아가라 폭포Niagara Falls로 향했다. 카유가Cayuga 호숫가를 따라 경치가 수려한 89번 국도를 따라 올라가다 보면 뉴욕카이로프랙틱대학New York Chiropractic College을 지나게 된다. 척추 교정 전문의에 관심이 있는 분은 둘러봐도 좋을 듯싶다. 나이아가라 폭포에 도착하니 대자연의 웅장함이 새삼 느껴지며, 그동안 여행에 지친 몸과 마음에 여유를 주는 휴식 시간을 가질 수 있었다. 그런 다음 캐나다를 통해 미시간으로 들어와서 앤아버Ann Arbor에 위치한 미시간대학교University of Michigan를 방문했다. 앞에서 방문했던 사립대학과는 달리 'Big Ten'의 대형 공립학교답게 학교의 규모와 학생의 선발 기준이 또한 남달랐다. 마지막으로 시카고를 거쳐 집으로 돌아오면서 일주일간의 모든 여행의 일정을 무사히 마쳤다.

직접 학교를 방문해 입학 사정관의 입학 설명회와 재학생의 실제 경험담을 들으며 함께 돌아보는 캠퍼스 투어를 해 보니, 학교 웹사이트 등에서는 얻을 수 없었던 생생하고도 유익한 정보를 얻을 수 있었다. 학교별로 입학 심사에서 특별히 강조하는 내용, 입학한 후의 전공 바꾸기나 복수 전공의 유연성, 해외 대학교들과의 교류, 기숙사의 시설과 음식, 캠퍼스의 치안 상태, 다양한 클럽활동 등등 학교마다 우수한 학생을 유치하려고 자기 학교의 장점을 부각시키고, 복잡한 입학 지원 절차를 상세하게 설명해 주었다. 특히 각 학교마다 입학 사정관이 지역별로 배정되어 있어 고등학교들 간의 차이와 특성을 상세하게 파악하고 있고, 서로 다른 학교에 다니는 학생들일지라도 최대한 객관적으로 비교 평가하려는 노력을 하는 것이 인상적이었다. 보통 입학을 결정짓는 우선순위는 학교마다 비슷하면서도 조금씩 그 가중치가 다른데, 공통적으로 가장 중요한 것이 학교 내신성적GPA, 그리고 학생이 얼마나 어려운 과목을 도전적으로 수강했는지에 대한 커리큘럼과 학생의 학구열에 대한 평가가 가장 중요하다고 설명했다. 다음으로 각종 시험—SAT, ACT, AP 등—성적이 중요한 객관적 잣대로 고려되지만, 대학마다 한결같이 입학하는 데 절대적인 입학 점수cut-off가 있는 것은 아니라고 강조를 했다. 그 밖에 과외활동, 추천서, 에세이 등을 통해 교과 이외의 활동, 취미, 리더십, 근면성, 자신의 뚜렷한 주관, 인생에서 이루려는 목표, 그리고 그 목표를 이루기 위한 노력 등등을 적절하게 나타내어서 학생의 성격과 특성을 제대로 이해할 수 있는 지원서를 대학에서는 기대하고 있었다.

만일 이번 여행이 11학년에 올라가는 우리 아이에게 막연하게만 느껴지던 대학에 대한 개념을 구체화시켜 주고 어떤 목표 의식을 심어 주었다면, 입술이 부르틀 정도의 강행군이었지만, 소기의 목적을 충분히 달성한 것이 아닐까 자평해 본다.

Ⅱ

박포원의
**미국 학교
이야기**

★

한글학교

★

한인들이 많지 않은 이곳 피오리아에서도, 한글학교의 올 9월 개교를 목표로 뜻있는 여러 분들이 많은 수고를 하고 계신다. 미주 전역에서 한글학교의 활동이 활발할 뿐만 아니라 그 교육 활동의 질적 개선을 위한 노력도 꾸준히 진행되고 있다. 최근에 미주한국학교연합회에서는 한글학교 교육과정을 개선하기 위한 연구를 고려대학교에게 위촉하는 등, 한글 보급과 한글학교 활성화를 위해 한국 정부를 포함해 재미한국학교협의회, 재외동포교육진흥재단, 재외동포재단 등 여러 단체들이 지속적인 노력을 하고 있다. 이렇게 한글학교가 양적으로 확장되고 질적으로 개선되어 가는 것은 미주 한인들에게는 크게 기뻐하고 환영할 일이다.

한글학교가 활성화되고 있는 데는 여러 가지 복합적인 요인들이 작용하고 있다. 그중에도 가장 큰 요인은 우리 한인들이 갖는 강한 민족 정체성正體性이라고 생각한다. 이민 1세대는 물론이고 2세대들도 자기 뿌리가 한민족韓民族임을 분명하게 인식하고 있으며 그에 대해 긍지를 가지고 있다. 한인으로서의 정체성이 높아지게 된 것에도 여러 가지 요인이 작용하고 있다. 우리 민족사에 대한 자부심도 한 요인이 될 것이나, 현재 한국의 국제적 위상이 높아지게 된 것이 중요한 요인으로 작용하고 있을 것이다. 또한 한인들이 미국 사회에서 이룩한 높은 성취 수준도 민족 정체성 확립에 긍정적으로 작용했을 것이다. 이렇게 한국의 발전상과 한민족의 위상이 세계적으로 높아짐에 따라 한인으로서의 긍지와 정체성이 더욱 군건해지고, 따라서 한글 공부의 열기도 자연히 높아지게 된 것이다.

한글학교가 활성화되는 이유는 이민 선배가 겪은 자녀 교육의 경험에서도 찾을 수 있다. 이민 1세대들은 가정에서 주로 한국어를 사용하고, 따라서 자녀들도 어려서는 우리말을 듣고 배워 의사소통에 별지장이 없이 자란다. 하지만 자녀들의 학년이 높아질수록 학교 공부가 어려워지고 학교생활이 바쁘다 보면 한글 공부할 시간이 줄어들게 된다. 부모들도 생업에 바쁘다 보니, 가정에서라도 쓰기 위해서 필요한 최소한의 한글도 가르치기 힘들어진다. 그러다 보면 아이들끼리는 영어를 쓰고, 부모의 말을 알아는 듣지만 대답은 영어로 하게 된다. 자녀들이 더 자라 부모와 떨어져 생활하기 시작하면서 우리말을 사용할 기회는 더 줄어들게 되며, 부모와 자식 간에 서로 쓰는 언어가 달라 의사소통이 제한적이게 되고, 원활하지 않게 된다. 서로 편하게 쓰는 언어가 다르다 보면 가족 간이라도 문화적, 세대적 차이가 더 심하게 느껴지게 되며, 그에 따라 가족 간의 유대 관계도 그만큼 멀어지게 된다. 이를 선배들로부터 얻은 이민 생활의 교훈으로 삼고, 부모와 자녀 또는 조부모와 손자 간에 원활한 의사소통과 가족 간의 긴밀한 유대 관계 정립을 위해 자녀의 한글공부를 강조하게 되는 것이다.

한글학교가 활성화되는 또 다른 요인은 보다 실용적인 데 있다. 미국의 주요 대학들은 입학 요건의 하나로 외국어 능력을 요구하는데, 한글학교에서 발급하는 수료증이나 SAT 한국어 시험 성적 등을 자신의 외국어 능력을 입증하는 자료로 충분히 이용할 수 있다.

이렇게 자녀를 한글학교에 보냄으로 해서 한국어 능력을 향상시켜 한국인으로서의 정체성과 긍지를 갖게 하고, 부모와 자녀 간의 유대 관계를 강화하며, 대학 입학 요건의 하나인 외국어 능력을 인정받게 하는 등 일석삼조―石三鳥의 긍정적인 효과를 얻게 되는 것이다.

한글학교의 활동은 대부분 대도시에 집중되어 있고 여러 가지 사정상 한글학교를 두지 못하는 곳도 많이 있다. 미국의 전형적인 중소 도시인 여기 피오리아에서 한인 부모들이 그 필요성을 인지하고 피오리아한글학교를 자발적으로 시작하고 있다. 이처럼 한인들의 삶에 중요한 역할을 하는 한글학교를 보다 많은 지역에 마련할 수 있도록, 자녀를 두고 있는 부모는 물론 여러 관련 단체와 미주 한인 모두가 직간접적으로 협력하는 노력을 기울여 줄 것을 기대해 본다.

★
한국어 SAT 시험

★

많은 언어들 중에서도 한국어가 가장 과학적이고 체계적이라는 것
은 이미 언어학자들에 의해 연구되어 밝혀진 바 있다. 그러나 한국어
가 다른 언어에 비해 아주 많이 말해지고 읽히고 쓰이는 언어는 아닐
것이다. 그럼에도 불구하고 미국 대학 수능 자격을 평가하는 시험인
SATScholastic Aptitude Test에 한국어가 포함되어 있다는 것은 실로 놀
라운 일이다.

1995년. 한글을 사랑하며 한인 2세들의 장래를 걱정하는 여러 뜻
있는 한인들의 노력으로, 미국 대학위원회College Board가 한국어를 독
일어, 프랑스어, 스페인어, 이태리어, 현대 히브리어, 라틴어, 일본어,
중국어에 이어 아홉 번째 외국어로 SAT 언어 시험 과목으로 채택했
다. 그리하여 1997년에 처음으로 한국어 시험이 실시되었다. 한국어
가 채택된 이후 아직까지 SAT에 추가된 언어가 없는 것을 보면, 그만

큼 새로운 외국어를 SAT에 포함시키는 것이 어려운 일임에 틀림없다. 그 당시 그분들은, 한국어 시험이 단순한 언어 시험의 의미를 넘어, 재미 한인 2세들의 한국인으로서의 자긍심과 정체성 확립에 중요한 역할을 할 것이라는 원대한 비전을 가지고 있었다. 그들은 한국어 채택을 위해 1만 5,000여 명의 서명과 미국 대학위원회College Board에서 요구한 시험 개발 비용 50만 달러를 삼성의 전액 기부금으로 마련하고, 전국적인 모금 운동을 통해 한국어진흥재단을 설립하는 등 실로 미국 한인 이민사에 남을 만한 큰일을 해내신 것이다.

명문대 등 여러 대학에서 입학 조건으로 요구하는 SAT Subject의 외국어 시험을 잘 보려면, 고등학교에서 2~4년 정도 해당 외국어 교과목을 이수해야 할 만큼 꾸준한 노력이 필요하다. 한국어 SAT 시험은 한국의 초등학교 수준 정도라 하지만, 미국에서 태어나고 자란 한인 2세들에게는 결코 쉬운 수준이 아닐 것이다. 하지만 한국어를 주로 쓰는 가정에서 자라고 한국 문화를 접해 본 한인 2세들에게는, 다른 외국어에 비해서는 상대적으로 적은 노력으로 쉽게 배울 수 있을 것이기에 한번 도전해 볼 만하다고 생각된다.

한국어 공부로 얻을 수 있는 것은 단지 대학 입학에 필요한 외국어 능력을 인정받음으로써 입학 경쟁에서 유리한 위치를 차지하는 것뿐만은 아닐 것이다. 한인 2세들이 한국어를 공부한다는 것은, 한국인이니까 한국어를 해야 한다는 당위성當爲性에 입각한 의미 그 이상이다. 우리 민족과 문화의 뿌리가 되는 우리말을 배우고 씀으로써, 다민족으로 구성된 미국 사회에서 살아가는 데 있어 한국계 미국인으로서의 자부심自負心을 가짐과 동시에 자기 정체성을 확립하는 것, 또한 한국의 문화와 가치관을 올바로 이해하고 이민 1세대인 부모와의 의사소통을 원활히 함으로써 가족 간의 유대 관계를 강화할 수 있다는 데 더 큰 의미가 있다고 할 수 있겠다. 이러한 여러 가지 긍정적인 효과 때문인지 한국어 SAT를 외국어로 택하는 학생들 수가 해마다 증가하고 있다. 미 대학위원회College Board 보고서에 의하면 2008년에 SAT 외국어 시험을 치른 학생 수는 스페인어 42,996명, 프랑스어 14,408명, 중국어 6,878명, 한국어 4,443명, 라틴어 3,138명, 독일어 1,804명, 일본어 1,732명, 이태리어 657명, 현대 히브리어 505명 순으로, 한국어가 아홉 개 외국어 중 네 번째로 많이 본 시험인 것으로 집계됐다.

우리 한인 2세들은 한국의 경제적 발전과 더불어 최근 그 위상이 더욱 높아진 한류—한국의 영화, 드라마, 노래, 제품, 운동선수 등등—에 관심이 많을 줄로 믿는다. 한국어 SAT 시험에도 많은 관심을 가져 시험도 준비하면서 우리말을 더욱 익히고 한국 문화에도 더 쉽고 더 많이 접할 수 있는 기회를 갖기를 기대해 본다.

★ 교육열과 교육 방식 ★

세상의 모든 부모가 다 그렇겠지만, 특히 한인 부모들의 자녀에 대한 교육열은 유별나게 높다. 그 교육열은 한국에서도 높지만 외국에 나와 있는 부모들에게는 더 높다고 하겠다. 외국에 이민 온 부모들이 그들 삶의 보람을 자녀 교육과 자녀의 성공에서 찾고자 하기 때문일 수도 있겠다.

미국에서 수년 전 여러 소수 민족계 자녀들의 학업 성취도를 비교 조사한 결과, 한국계 자녀들의 학업 성취도가 가장 높았다는 사실을 확인하고 그 원인을 부모들의 높은 교육열에서 비롯된 것이라고 진단했다. 그러나 또 한편으론 각 교과의 시험 성적 이외의 특성, 즉 창의성이나 응용력 등에서는 한국계 학생들의 능력이 오히려 저조했다고 지적했다. 사회, 경제적 발전 수준이 낮고 교육 수준도 낮았던 오래전에는 교과적인 지식이 유용했고 더 많은 지식을 습득한 사람이 더 좋은 대우를 받을 수 있었다. 그러나 과학기술과 IT 산업의 발달로 지식의 암기는 이제 큰 능력이 되지 못한다. 고등 정신 기능이라고 하는 창의력, 탐구력, 협동성, 화합력 등의 성격적인 특성이 더 중요시되고 있는 것이다. 이러한 변화로 각급 학교의 교육 내용과 방법도 달라지고 있다.

부모들도 자녀들의 교육 효과를 더 높이기 위해서는 교과 성적에만 관심을 가질 것이 아니라, 학교 교육에서 시도하려는 다양한 능력과 성격 특성의 형성에 도움을 줄 수 있도록 노력을 해야 하지 않을까 생각한다. 이러한 취지에서 고등학교에서 학생을 지도하고 평가하는 항목과, 대학교에서 학생 선발을 위해 평가하는 내용 등을 간추려 소개해 두고자 한다. 평가하는 항목은 교과 성적 이외에도 지적 성장 가능성, 창의성, 독창성, 지적 호기심, 동기, 토론 및 발표능력, 작문 능력, 지도성, 책임감, 정직성, 자신감, 인간성, 타인에 대한 관심과 배려, 존경심, 유머 감각, 자발성, 선도성, 좌절과 역경에 대처하는 반응, 체력 등등 매우 폭이 넓고 다양하다. 이러한 각 항목의 특성에 대해서 평균 이하, 평균, 평균 이상, 좋음, 매우 좋음, 우수함, 매우 뛰어남 등등으로 상세하게 구분해 평가하고 있다.

일반적으로 학부모들은 학교에서 보내 준 학과 성적표만을 보고 모든 교과 성적이 좋으면 만족하고, 그러한 학교 성적이면 흔히 알려진

일류 대학에 진학하게 될 것으로 기대할 것이다. 물론 많은 평가 항목 중 교과 성적의 비중이 다른 사항에 비해 높은 편이라 할 수 있지만, 그러한 기대는 여러 항목에 달하는 평가 결과가 모두 좋을 때 가능하다는 사실을 학부모들은 알아야 할 것이다. 가끔 듣는 뉴스의 내용은 이러하다. 어느 학생이 교과 학업에 우수한 성적을 받았고 대학 진학을 위해 치르는 시험 성적도 우수해서 명문 대학에 지원서를 냈는데, 기대와는 달리 떨어졌다는 것. 그 학생과 학부모는 그 결과를 받아들일 수 없어 대학 당국에 문의했더니 대학 당국에서는 "교과 성적은 좋았으나 그 밖의 평가 항목이 기준에 미치지 못해서 탈락되었다."라고 밝혔다 한다.

자녀들의 교육 성과가 학교는 물론 학부모와 자녀의 공동 노력으로 이뤄지는 것이라는 사실은 예나 지금이나 변함이 없을 것이다. 그러나 오늘날의 교육 내용과 방식은 옛날 것과 다르기 때문에 전과 같이 학부모의 교육열만으로는 교육 효과를 높일 수가 없게 되고 있다. 학부모들도 학교에서 무엇을 어떻게 가르치고 어떻게 평가 하는지를 파악해서 자녀들이 기대 하는 바가 될 수 있도록 도와야 할 것이다. 특히 교과 이외의 인성 특성과 사회성 등의 형성은 가정 교육의 몫이 더 크다고 하겠다. 이들 특성을 잘 육성하기 위해서는 부모들이 자녀들의 특성을 잘 알고 개발할 수 있도록 특별한 노력을 기울여야 할 것이다. 따라서 부모도 종전과 같이 교과 성적에만 관심을 가질 것이 아니라, 자녀에게 여러 분야에 호기심을 갖게 해야 할 것이다. 또한 다양한 경험을 하기 위해 여러 가지 일과 자원봉사의 기회를 주고 여행 등을 통해 견문을 넓히게 하는 노력이 필요할 것이며, 자녀 스스로 생각하고 행동할 수 있도록 허용하고 격려하는 등의 아량을 보여야 할 것이다.

★ 불만 제기와 해결 절차

★

    지난 교육위원회 회의의 화두話頭는 여자 농구부 코치에 대한 안건이었다. 농구부의 부모 대표가 교육위원들과 교장을 일일이 만나, 농구부 학생들과 부모들이 작성한 설문 조사 내용을 제출했다. 그러면서 학생과 부모가 어째서 농구부 코치를 바꿔 달라는 것인지에 대해 설명을 했고, 교육위원회 본회의에서 공식적으로 발언권을 얻어 농구부가 새로운 리더를 원한다는 내용을 발표했다. 이유인즉 농구부 선수들의 기량은 뛰어난 데 비해 코치의 경기 운영과 훈련 방식은 기대에 못 미치며, 선수들에게 도전 의식과 최선을 다하는 정신을 불어넣기는커녕 도리어 팀의 사기를 저해함으로써 선수들이 농구에 흥미를 잃게 했다는 것이다. 그래서 작년 시즌 더 좋은 결과를 낼 수 있는 실력이 충분히 되는 데도 그 기회를 놓쳐 버렸다고 주장하며, 같은 코치와 또 한 시즌을 시작하고 싶지 않으니 다른 코치로 바꿔 달라는 청원請願이 그 내용이었다.

교육위원회가 학교의 운동부 코치를 임명하거나 해임할 직접적인 권한과 책임은 없다. 그 권한은 해당 학교 교장이나 학교의 운동부 감독에게 있다. 관리 책임자인 교장이 학기가 시작되기 전에 임명된 코치진의 명단을 교육위원회에 제출해 보고할 의무는 있다. 학교 선생들이 대체로 학교 운동 팀의 코치를 맡는데, 대부분의 코치들은 그 운동경기에 열정이 있으며 운동을 통해 학생들에게 운동 그 자체뿐 아니라 협동심, 리더십, 인내력, 열심히 하고자 하는 마음 등을 가르치려 한다. 하지만 그중에는 다른 것보다도 코치직을 맡음으로써 더 많이 주어지는 월급에 더 관심이 많은 경우도 있을 것이다. 특히 이번 경우는 미국에서 가장 인기 있다는 '농구'에 관한 것이기에, 선수와 부모들의 기대가 컸던 만큼 불만도 컸던 모양이다. 농구는 학교에서도 소위 인기 종목이기에 많은 학생들이 하고 싶어 한다. 그만큼 농구부에 들어가기가 어렵고 운동에 상당히 소질이 있거나 전부터 농구를 꾸준히 해 온 학생이 뽑히게 된다. 따라서 학생과 부모들이 농구에 대한 지식도 많고 기대 수준 또한 높다. 탄탄한 전력의 팀은 주 결승 진출이 당연한 목표가 된다. 그렇게만 된다면 선수들의 대학 진학에 도움이 될 뿐 아니라 대학으로부터 장학금을 받는 것도 가능하기에, 부모들의 관심이 단순한 운동경기에 대한 것의 수준을 넘어 때로는 과열 현상을 보이게 되는 것이다.

학교에는 각양각색의 학생들과 부모들의 이해관계가 서로 복잡하게 얽혀 있어 여러 가지 사항에 대해 불만이 생길 소지가 많다. 예를 들어 스쿨버스, 학교 급식, 체벌, 수업의 선택 등등의 민감한 사항에 모두가 공감하고 만족하도록 운영하기에는 너무나도 어려운 점이 많다. 하지만 학부모는 자녀들에게 영향을 주는 사안에 관해 학교 당국에 불만을 제기할 권리가 있기 때문에, 학교 정책이나 운영에 불만이 있으면 그냥 불평만 하고 있을 것이 아니라 학교 당국에 적극적으로 알리는 것이 학교의 포괄적 발전을 위해서도 바람직한 일이다. 하지만 발전적인 방향으로의 개선을 위해서는 학교에서 정한 절차에 따라 불만 사항을 접수하는 것이 문제 해결로 가는 가장 올바른 길이다.

우선 문제에 직접적으로 관계되어 있는 당사자들—자녀의 교사, 상담교사, 또는 코치—에게 문제 해결을 위해 솔직한 의견을 제시하고 충분한 의논을 하는 것이 순서다. 그랬는데도 문제 개선의 가능성이 없으면 해당 학교의 교장에게 문제 제기를 하고, 그래도 해결이 만족스럽지 않으면 해당 학군의 교육감superintendent을 만나서 해결 방안을 위한 의논을 하면 된다. 학교에 불만이나 건의 사항을 전달할 때한 가지 주의할 점은, 절대 감정적으로 흥분하거나 해당 개인에 대한 인신공격을 하면 안 된다는 것이다. 그리고 개별적으로 문제를 제기하는 것보다는 이해관계를 공감하는 여러 사람들의 지지를 모으면 더 효과적일 것이다. 또한 문제의 원활한 해결을 위해 학부모들의 눈과 귀 역할을 하는 교육위원에게도 그 내용을 알려 주게 되면, 학교 당국에서는 문제 해결에 대해 더욱 의무감을 가지고 해결 방안을 찾기 위한 모든 노력을 하게 된다. 너무나도 다양한 구성원으로 이루어져 있는 학교 사회는 다른 조직에 비해 보수적으로 운영되기 때문에, 지금까지 해 오던 것을 짧은 시간에 바꾸기는 어렵다. 어떤 방향으로 바꾼다 하더라도 또 다른 이해 집단의 불만을 야기할 가능성이 높다. 그러므로 시간과 인내를 가지고 점진적으로 문제에 접근하고, 폭넓은 공감대를 형성하면서 문제의 해결 방향을 찾는 것이 바람직하다 할 수 있겠다.

★ 조기 유학

여름방학이 끝나고 또 새로운 학기가 시작되었다. 긴 여름방학 동안 아이들 뒤치다꺼리하느라 힘들었을 부모들은, 자녀들의 학기가 시작되면 아마도 안도의 한숨을 내쉴 것이다. 방학이 끝나서 아쉬울 아이들 역시 막상 학교에 가면 그동안 못 만났던 친구들도 만나고, 각자 흥미를 느끼는 여러 가지 학교 활동이 시작되어 즐겁다. 하지만 방학 동안 잠시 귀국했던 소위 '조기 유학생'들은 다시 미국으로 돌아와야 하기에, 새로운 학기를 가족들과의 아쉬운 이별로 시작할 것이다.

우리나라에서 고조되고 있는 조기 유학의 열기는 세계 어느 나라에서도 찾아볼 수 없는 한국 특유의 현상이라 할 수 있다. 1997년에는 3,000여 명의 초등학생과 중학생들이 주로 미국과 호주 등 영어권의 나라에 유학한 것으로 확인되었고, 2005년도에는 그 수가 기하급수적으로 늘어 무려 2만여 명이 넘었다고 하니, 그 열기가 더욱 고조

된 최근에는 더 많지 않을까 생각된다. 이렇게 조기 유학의 열기가 고조되면서 그 찬반贊反의 논의도 활발해지고 성공 및 실패 사례들이 알려지면서 조기 유학에 따른 문제점의 진단과 대책에 대해서 많은 의견들이 제시되고 있다. 조기 유학에 대한 의견을 조사한 연구 결과를 보면, 긍정적 요인으로는 '세상을 넓게 보는 시각, 독립심 고취, 전문 인력 양성, 국제 경쟁력 확보, 외국어 구사 능력 신장, 선진 교육제도의 도입, 한국교육 개선 노력 자극' 등이다. 한편 부정적 요인으로는 '외지 생활 부적응, 스트레스, 탈선, 가족의 해체, 가정 교육의 부재, 빈부 위화감 조성, 외화 낭비, 우수 인력 국외 유출, 국내 교육에 대한 불신' 등을 꼽았다.

갈수록 과열되고 있는 조기 유학 열기의 동기와 배경은 무엇보다도 부모의 지나친 교육열 또는 이기적인 욕심 때문이라 하겠다. 그 교육열의 근원은 가문의 계승과 번영을 위해 자녀를 훌륭하게 키워야 한다는 우리의 전통적인 유교적 문화 가치에 뿌리를 두고 있다고도 볼 수 있다. 자녀를 훌륭하게 키우는 것을 입신양명立身揚名으로 이해하며 출세出世를 하려면 반드시 명문 대학교에 가야 하는 것으로 믿기에, 부모들은 자녀들의 교육을 위해서라면 모든 것을 희생할 각오를 한다. 부모들이 자녀를 더 좋은 대학교에 입학시키고자 수단과 방법을 가리지 않기에 입시 경쟁이 과열되고 자녀들은 어느 때보다도 더 치열하게 공부해야 하는 것이다. 그 치열한 입시 경쟁에서 살아남을 자신이 없거나, 이러한 국내 교육 환경에 환멸을 느끼게 되면 그 대안 代案으로 조기 유학의 길을 택하게 되는 것이다.

1990년대 조기 유학을 떠났던 소위 '조기 유학 1세대'가 이제 공부를 마치고 사회에 진출하고 있다. 그들의 진로를 추적한 결과를 보면 절반 정도가 조기 유학을 한 덕분에 성공했지만, 절반은 실패했다 한다. 출세를 보장하지 않으며 실패의 확률이 더 높을 수도 있는 조기 유학은 아이들의 일생을 좌우하는, 위험성이 높은 모험이다. 자녀의 조기 유학에 대한 결정은 그 주체적 역할을 하는 부모의 판단과 결단이 중요하다. 부모는 자녀의 조기 유학 여부를 결정할 때 자녀의 입장에서, 자녀의 특성에 맞게, 자녀와 충분히 상의해서 결정해야 할 것이다. 여러 가지 이유로 조기 유학을 해야 한다면 뚜렷한 유학의 의미와 목표를 세우고, 아이들이 동의하고 마음의 준비를 하도록 해야 한다. 특히 부모가 동행할 수 없는 경우에는 사춘기에 있는 학생들이 부모와 떨어져 외국에서 생활하는 데 따르는 엄청난 어려움들—즉 문화의 차이, 언어 소통, 외로움, 생활 방식, 교우 관계 등에서 오는 긴장과 갈등—에 대해서 충분히 이해하고 대비해 자녀가 정신적으로 안정을 가지고 생활할 수 있게 해야 한다. 그리고 조기 유학으로부터 얻는 것이 있는 만큼 분명 잃을 것에 대한 충분한 고찰考察이 필요하다. 아무리 해외의 교육 시스템이 잘되어 있더라도 그것은 시스템일 뿐이고, 학교의 일차적 기능은 어느 나라나 마찬가지로 지식의 전달과 습득에 한정된다. 정서적으로 가장 민감한 나이에 가족으로부터 가정 교육을 통해 체득해야 할 '행복하고 건전한 삶의 기초가 되는 올바른 가치관 정립과 아름다운 정서 함양, 건강한 심신 발달, 이웃 사랑 실천' 등은 학교가 대신 할 수 없기에 이러한 부분이 부족하지 않도록 각별한 관심을 쏟아야 하겠다.

★
백투스쿨 나이트

★

여름방학이 끝나고 학교들이 개학을 했다.

보통 첫째 주는 긴 여름방학을 끝낸 후 돌아온 학생들과 교사들에게 적응 기간을 주려는 것인지 화요일부터 수업을 시작하고, 그것도 처음 이틀은 반나절 정도만 수업을 한다.

새 학기가 시작된 후 첫 번째 학교 행사로 '백투스쿨 나이트Back to School Night'라는 학부모들을 학교로 초청하는 오픈하우스 같은 행사가 있다. 이때 아이들이 공부하는 교실도 둘러보며 아이들 친구의 부모들도 만나게 된다. 무엇보다도 아이들을 1년간 가르칠 교사들을 처음 만나는 기회이기에 반드시 참여해야 할 중요한 학교 행사 중 하나다. 올해는 우리 세 아이가 각각 초등, 중등, 고등학교에 재학 중이어서 각 학교가 개최한 세 번의 백투스쿨 나이트에 다녀왔다.

막내가 다니는 초등학교는 담임교사 한 명이 모든 과목을 가르치기에 해당 교실만 찾아가면 되었다. 우리 아이가 앉는 책상에 앉아 보고, 배정된 라커locker도 열어 보고, 아이들이 만들어 전시해 놓은 작품도 감상하는 등 부담 없고 화기애애한 분위기에서 진행됐다. 담임 교사와는 우리가 누구의 부모라고 소개하며 간단한 안부 인사 정도만 나누면 된다. 초등학교 백투스쿨 나이트에서 해야 할 중요한 것 중 하나는 앞으로 있을 학부모 상담Parent-Teacher Conference의 시간표에 자기가 올 수 있는 시간에 등록sign-up을 하는 것이다. 백투스쿨 나이트는 모든 학부모가 다 와서 교사의 간단한 자기소개와 학급을 어떻게 운영할 것인지에 대한 개요를 듣는 것이기에, 개별적으로 교사와 자세한 이야기를 할 기회는 없다. 하지만 다음에 있을 학부모 상담에서는 담임교사와 일대일로 자기 자녀들의 학업 성취도, 학교생활, 부족한 점이나 장점, 친구 관계 등에 대해 자세히 이야기할 기회가 있으니 반드시 원하는 시간대에 등록을 해 두어야 한다.

중학교와 고등학교는 학생들이 택한 교과목에 따라 담당 과목 교실로 옮겨 다니기에, 백투스쿨 나이트에 참여한 부모들도 아이들의 첫 교시부터 마지막 교시까지 수업 듣는 순서대로 정해진 스케줄을 따라가며 교실을 찾아가야 하기 때문에 분주하다. 각 교시당 주어지는 짧은 시간 동안에 담당 과목 교사로부터 자신의 학력, 경력, 학과목의 개요와 목적, 자신의 교육철학과 학과 운영, 성적 산출하는 방법, 면담 시간과 선호하는 연락 방식 등에 대해 듣게 된다. 특히 큰아

자녀들이 공부하는 교실에서 학부모들이 선생님의 설명을 듣고 있다.

이가 다니는 고등학교 11학년 반은 대학 진학을 준비하는 수업 방식과 부쩍 어려워진 교과과정에 대한 설명에 학부모들이 조금은 긴장한 모습이었다. 주니어junior부터 고등학교에서는 상급생upperclassman이라 부르는데 그 말에 걸맞게 학과목 공부와 과외활동을 하면서 대학 진학을 준비하려면 학교생활이 만만치 않겠다는 생각이 들었다. 주어진 5분간의 이동 시간에 학교 지도를 보며 교사의 이름과 교실 번호를 맞추어 가며 해당 교실을 찾아가기가 쉽지 않았는데, 실제 수업과 수업 시간 사이에 주어진 이동 시간이 이보다 짧다니, 한국에서 10분의 쉬는 시간에 익숙한 필자로서는 학생들이 제시간에 맞춰 수업에 들어갈 수 있을지 걱정스러웠다.

자녀들의 성공적인 학교생활을 위해서는 부모가 학교 행사에 적극적으로 참여해야 한다. 학교에서도 학부모들의 학교 참여를 절실히 필요로 하고 이를 권장하고 환영한다. 그것은 부모의 협조와 참여가 자녀의 건전한 학교생활과 학업 성취에 결정적인 역할을 하고, 나아가 더 좋은 학교를 만들 수 있는 든든한 뒷받침이 된다는 것을 잘 알기 때문이다. 교과목이나 여러 학교 활동에 관심이 높아지는 고학년으로 올라갈수록 담당 교사들과의 원활한 소통을 위해 학부모들은 학교 제도에 더욱 관심을 가지고 학교 행사에 빠짐없이 참여할 필요가 있다. 교사들은 부모가 모를 수 있는 자녀들의 학교생활에 대해 알고 있고, 부모가 쉽게 간과할 수 있는 자녀의 부족한 점이나 장점들을 객관적인 시각으로 판단하고 있다. 교사와 협력하며 자녀들의 학교생활에 효과적으로 도움을 주려면, 자녀들이 공부하고 있는 교과목 및 참여하고 있는 여러 과외활동과 그것을 맡고 있는 교사들에 대해 잘 알고 있어야 함은 물론이다. 학부모의 참여를 유도하고 학부모의 지원과 원활한 소통을 위해 학교에서는 백투스쿨 나이트나 학부모 상담 이외에도 여러 가지 다양한 학교 행사를 준비한다. 교사, 상담교사 및 교장도 학부모들이 언제든지 연락하거나 찾아와 아이들 교육에 관해 폭넓은 의견을 나눌 수 있도록 열린 학교를 지향한다. 이를 잘 활용하면 학부모가 학교 제도에 익숙해지고, 학교와의 원활한 소통이 가능해지며, 결국 아이들에게도 자신감과 학습 동기를 높여주는 긍정적인 영향을 주게 될 것이다.

★ 학부모의 자원봉사 ★

미국의 힘의 원천이고 미국을 미국답게 만드는 것 중 하나를 꼽으라면, 그것은 '자원봉사 정신'이라고 할 수 있다. 우리는 지난해 미 대선을 통해 오바마를 대통령에 당선시키는 데 큰 역할을 한 자원봉사의 위대한 힘을 느낄 수 있었다. 이러한 자원봉사의 역량을 직접 체험한 오바마는 대통령직에 취임을 하면서 자원봉사를 통한 새로운 미국 건설의 비전을 제시하고, 전 국민이 자원봉사에 적극 동참할 것을 호소하며 자원봉사 단체에 대한 지원을 약속했다. 또한 그는 "우리는 남을 도울 수 있기 때문에 모두가 위대하다."라고 한 마틴 루터 킹Martin Luther King, Jr. 목사의 연설문을 인용하며 킹 목사를 기념하는 연방 공휴일인 1월 19일을 '봉사의 날'로 정할 것도 제의했다.

이렇게 자원봉사 문화가 뿌리 깊이 정착돼 있는 미국에서는 많은 학부모들이 학교 일이나 행사에 적극적으로 참여해 봉사 활동을 하는 것을 자연스러운 일상생활의 한 부분으로 여긴다. 학부모들의 자원봉사 활동이 없다면 학교 운영은 아마도 마비될 것이고, 학부모의 봉사 활동으로 채워지는 역할을 학교가 대신한다면 학교는 더 많은 예산과 인력이 필요하게 되며, 결국 그 부담은 세금을 더 많이 내야 하는 우리 납세자들의 몫으로 되돌아 올 것이다. 자원봉사의 의미와 필요성을 사실상 금전적인 측면으로 계산할 수는 없을 것이다. 자원봉사란 사람을 사랑하는 마음으로 자발적으로, 남을 위해 또는 내가 사는 지역사회를 위해 대가 없이 행하는 활동을 말한다. 봉사 활동을 통해 자기 자신을 새로이 발견하게 되고 타인을 배려하는 마음을 갖게 해 주며, 자기중심적이고 이기적인 태도에서 벗어나 사회 구성원으로서 서로 돕고 살아가는 공동체 의식을 기를 수 있기에 봉사 활동은 남을 도우면서도 또한 스스로 돕는 훌륭한 자양분의 역할을 해준다.

학교는 여러 가지 경로를 통해 학부모들에게 자원봉사에 참여할 것을 권유한다. 학교에는 개인의 관심사, 봉사할 수 있는 시간과 여력에 따라 할 수 있는 자원봉사의 기회가 무척 많다. 대표적인 학교 자원봉사 조직으로 '학부모교사회Parents' Club, Parent Teacher Organization, Parent Teacher Association' 그리고 학교 운동부나 밴드부를 지원하는 '후원회 모임Booster Club' 등이 있다. 이러한 조직들이 관장하는 여러 가지 자원봉사 활동으로는 교사들의 학습 교재 준비copy mom, 구내매점 관리concession, 학교 파티 행사 지원, 수학여행의 보호자 역할chap-erone, 학교 주소록 작성, 학교 행사 시 다과 준비 및 행사 보조, 교사 감사의 날 봉사, 교사 생일 선물 준비, 자원 봉사자들 간의 연락, 각종 모금 운동fundraising, 재활용품 관리, 도서관 봉사, 도서 전시회book fair, 학교 웹사이트 지원 등등 수도 없이 많다.

한인 부모들을 포함한 아시안계 부모들의 자녀 교육에 대한 높은 관심은 학생들의 학습 성취도를 위해 매우 바람직하다. 하지만 그 높은 관심도에 비해 막상 학교에 나와 학교나 학생들을 위해 봉사하는 이들 학부모들은 상대적으로 적다. 그 원인을 나름대로 생각해 보면 원활하지 않은 언어 소통, 자원봉사가 몸에 배지 않은 생활 습관, 바쁜 생업에 따른 시간 부족, 학교 조직이나 행사에 대한 정보 부족 등이 밖에도 여러 이유가 많을 것이다. 여러 가지 이유로 한인 부모들이 학교 일에 잘 참여하지 않기에 학교와 학교 문화에 익숙하지 않게 되고, 따라서 학교에 대한 소속감과 공동체 의식이 부족한 경우를 보면 안타까운 생각이 든다. 물론 해 보지 않은 일을 하려면 간단한 일도 처음에는 어렵게 느껴지고 어색한 것은 누구에게나 당연한 것이다. 영어가 좀 모자라더라도, 설령 실수를 좀 하더라도 다 같이 학교와 학생들을 위해 봉사하는 마음으로 나와서 일하는 것이다. 그러니 아무런 흠이 될 이유가 없고, 흠잡는 이도 없을뿐더러, 오히려 고마움과 격려를 받게 될 것이다. 조그마한 용기와 배짱으로 이 작은 어려움을 극복함으로써 봉사 활동을 통해 삶의 기쁨과 보람을 느끼며, 학교 사회와 문화에 대한 이해를 넓히고, 교사와 학부모들과 자연스런 교제를 나누며, 특히 자녀들에게 모범이 되고 산 교훈을 보여 줄 수 있는 학교 자원봉사를 적극 권하고 싶다.

★ 이중 문화에 적응
★

한국인이 미국에 이주하기 시작한 지도 100여 년이 넘었으며 현재에는 약 200만여 명의 한인이 미국에서 살고 있다 한다. 미국에 이주해 온 한인들은 근면하고 교육열도 높아서 여러 영역에 걸쳐 성공적인 삶을 영위하고 있다. 그러나 성공적인 삶의 터전을 마련하기까지에는 여러 가지 어려움을 통해 좌절과 실망을 겪기도 했을 것이다. 당면했던 많은 어려움 중에는 한국과 미국 간의 문화 차이로 인해 생기는 오해와 편견에서 오는 갈등도 없지 않았을 것이다. 특히 이민 1세대가 느끼는 문화 차이는 자녀 교육의 방향과 방법의 기준 설정을 어렵게 하는 것이어서 자녀를 둔 부모는 혼란스러울 수밖에 없게 된다.

문화란 간단히 말해서 삶의 방식이라 할 수 있다. 그 삶의 방식에는 사고와 행동 양식, 대인 관계 양식, 언어, 규범과 가치관, 종교, 음식 등 다양한 요소들로 구성되어 있다. 이들 문화 요소들은 사회 구성원들이 오랜 역사를 통해서 만들고 가꾸어 가며 원활한 공동생활을 영위하면서 이루어진 것이기에 나라마다 독특한 특징을 가지게 된다.

미국 문화의 특징으로 '개인주의, 합리주의, 원칙 중시, 준법정신, 개척 정신' 등을 들고 있다. 이에 반해 한국 문화의 특징은 '가문 의식, 상호 의존적 공동 의식, 상위자 존중 의식, 근면' 등이라고 한다. 이들 문화 요소들 중에도 가장 핵심적인 특징을 지적하자면 미국의 것은 '자기중심주의'라고 할 수 있으며 한국의 것은 '상황situation중심주의'라고 할 수 있다. 각기 장점도 있고 단점도 있다. 자기중심주의의 장점은 자립정신, 자신감, 적극성, 준법정신 등이며, 결점은 아집, 편견, 오만, 고립 등을 들 수 있다. 상황중심주의 장점은 인정人情, 융합, 융통성, 협동, 단결 등이며 그 결점으로는 기회주의, 이중성, 눈치 보기, 준법정신 결여, 원리 원칙 결여 등이다.

누구나 자신이 자라 왔던 사회를 떠나 다른 문화나 사회 환경을 접하면 불안한 감정을 느낀다. 익숙하지 않은 데서 오는 거부감, 심하면 문화 간의 마찰과 갈등에서 오는 혐오감을 가지기도 한다. 새로운 문화를 소화하는 과정에서 무엇이 나쁘고 무엇이 바른지 가리는 데 어려움을 겪기도 한다.

미국 대도시 주변에 거주하는 한인들은 한인 타운Korean Town에 대한 의존도가 높기에, 영어가 서툴러도 미국 문화와 제도에 익숙하지 않더라도 생활하기에 큰 불편은 없다. 따라서 이중 문화로부터 오는 갈등을 피할 수 있고 영어 및 미국 문화와 생활 방식을 배울 필요성을 느끼지 못하는 수도 있다. 이러한 생활이 지금 당장은 편할 수는 있겠으나 장기적인 관점에서 볼 때 미국 사회에의 적극적 참여와 자기 성취를 위해서는 바람직하지 못하다고 하겠다.

미국에 사는 한인은 여기는 잠시 살다가 가는 곳이라는 타인他人 의식을 속히 버리고, 자기가 지금 사는 곳이 자기의 고향이고 삶의 터전이라는 의식을 가지고 그 사회의 일원으로서 지역사회에 적극적으로 참여한다면 좋겠다. 그러려면 우선 영어에 익숙해져야 하고 미국에서의 삶의 방식을 포함한 미국의 정치, 역사, 문화 등에 흥미를 가지도록 노력해야 할 것이다. 이러한 공부와 능력 향상을 위한 노력은 자기 자신의 성공을 위한 밑거름이 될 뿐만 아니라 자녀 교육에도 긍정적으로 영향을 미치게 될 것이다. 미국 문화를 배우고 수용한다고 해서 한국의 고유한 문화를 잃게 되는 것은 아니며, 더더구나 한국 문화를 경시 또는 배척할 필요는 전혀 없다. 오히려 이중 문화를 적극적으로 수용하는 것이 자신의 고유문화에 대한 자긍심뿐만 아니라 남의 문화에 대한 이해 또한 증가하게 되며, 폭넓은 성격과 능력을 갖추는 데 도움이 된다. 오늘날의 국제화 시대에서는 문화 간의 대립과 마찰보다는 수용과 조화의 가치를 더 중요시하고 있다는 점에서 두 나라 문화의 장점을 살려 모두 누릴 수 있는 우리는 한국인으로서의 자부심을 가지면서 동시에 미국 땅에서 꿈을 이루며 살 수 있는 특권을 가졌다고 할 수 있겠다.

★ 자녀의 소질 계발

★

　40년 전에 발표된 국민교육헌장에 "타고난 저마다의 소질을 계발啓發하고"라는 구절이 있다. 지금은 폐지된 국민교육헌장을 새삼 이제 와서 다시 들여다보니, "소질 계발"이라는 대목에 눈길이 간다.

　자녀들의 소질을 알고 그것을 육성시키는 것이 예나 지금이나 자녀의 인생을 결정지을 만큼 중요하다는 걸 알고 있고, 소질 계발을 통해 우리의 자녀들이 사회적으로 성공하고 행복한 삶을 사는 것을 바라는 것은 부모라면 누구나 가지는 마음일 것이다. 하지만 어떤 방향으로 자녀들을 이끌까 생각해 보면 심히 고민스러우며, 부모의 욕심을 뒤로하고 소신을 가지고 인내하며 아이들의 소질에 따라 올바른 선택을 하기란 쉽지 않은 일이다.

　"될성부른 나무는 떡잎부터 알아본다."라는 우리의 속담은 소질이 선천적인 특성임을 잘 시사示唆하는 것이라고 하겠다. 그렇다면 소질의 본질을 이해하고 자녀의 타고난 소질을 어떻게 조기에 확인할 수 있을 것이며, 그 소질을 더욱 발전시켜 가기 위한 교육적 노력을 어떻게 해야 할 것인지가 자녀를 가진 부모들의 중요한 과제인 것이다.

성급한 마음으로 자녀의 소질을 찾거나 소질 계발을 위한 조기 교육에 관심을 가지기 이전에 부모가 해야 할 첫 번째의 과제는, 좋은 점수가 곧 성공이라는 기존의 고정관념을 버리는 것이다. 사회는 높은 점수를 얻기 위해 훈련된 사람보다는, 자신의 소질과 재능을 찾아 목표를 세우고 그 성취를 위해 노력하며 성장해 가는 사람을 더 필요로 하고 있다는 사실을 학부모는 알아야 한다. 미래의 성취는 성적뿐 아니라 자녀의 소질, 흥미, 성격이 함께 어우러져야 그 원하는 바를 이루게 된다.

두 번째 할 일은 누구에게나 잠재되어 있는 소질을 나타낼 수 있는 기회를 제공하는 일이다. 자녀가 아무리 우수한 자질을 가지고 태어났다 하더라도, 그것을 찾아내어 발휘할 기회가 주어지지 않으면 그것은 사장되고 말 것이다. 많은 부모들이 노력하고 있는 바와 같이 예체능 계통의 활동 기회를 제공한다든지, 전시회나 박람회 등에 참여하게 한다든지, 여러 영역의 책을 권한다든지, 자연이 수려한 곳이나 역사적인 장소에 여행을 간다든지, 자원봉사나 일을 해 본다든지 해서 자녀가 무엇에 더 관심과 흥미를 갖는지를 파악하는 것이다.

세 번째 할 일은 자녀가 보이는 관심사에 대해서 부모도 함께 동참해서 관심을 보이고 칭찬하고 격려를 해 주어 자녀로 하여금 기분이 고양되게 하는 것이다. 부모의 바람보다는 자녀가 성인이 되어 어떤 일을 하면서 보람과 기쁨을 느끼며 일생을 살아가고 싶은지 자녀의 의사에 마음을 열고 들어 보아야 한다. 자녀의 인생 계획을 함께 세우고 그 길을 갈 수 있도록 지원하며 용기를 북돋아 주는 것 또한 부모가 해야 할 몫이다.

소질은 인간의 지능, 언어능력, 예능, 체력 등의 여러 자질 중에서도 감수성이 가장 많이 작용하는 특성이다. 소질은 그 대상에 따라 흥미, 기쁨, 의지 등 감정을 수반하게 되며, 이 같은 감정이 그 대상에 대해 좋아하거나 싫어하는 행동의 방향을 결정하고 그 감정의 정도에 따라 추구하고 회피하는 행동의 강도를 또한 결정하게 되는 것이다. 따라서 자신의 소질에 맞는 일을 하게 될 때는 자연적으로 흥미가 유발되고 할 수 있다는 자신감이 생기며 열정을 가지고 더 잘하도록 노력하게 되고, 그에 따라 성취감과 만족감이 높아지며 창의적인 능력 향상으로 이어지게 된다.

이와 같이 소질은 선천적인 요인에다 후천적인 경험과 노력 그리고 교육의 힘으로 완성되는 것이기에 그 과정에 부모와 주위의 여러 사람들의 격려와 도움이 절대적으로 필요하다. 거기에 더해 자신의 흥미, 열정, 의지 등 감성적 특성으로 구성된 넓은 의미의 성격적 특성을 잘 파악하고 자신에게 맞는 진로를 찾아 끈기를 가지고 노력하면 자신만이 갖는 소질을 통해 사회적 성취도를 높이고 궁극적으로 행복한 삶을 누리는 데 한 걸음 더 다가갈 수 있다 하겠다.

★ 학교의 경쟁력
★

　오바마 미 대통령은 해마다 뒤처지는 미국 학생들의 학습 능력과 떨어져 가는 국가 경쟁력의 원인을 교육 경쟁력의 약화에 있다고 진단하고 취임 직후부터 미국의 재건을 위한 청사진의 하나로 미 공교육에 대한 교육개혁을 추진하고 있다. 지난 3월에는 한국을 교육혁신의 모델로 들며 교육 시간의 개혁을 촉구했고, 5월에는 덩컨 교육부 장관을 통해 교육개혁의 의지와 그 구체적인 개혁 방법을 제시했다. 학생들의 학업 성취도가 부진하고 중퇴율이 가장 높은 5,000여 학교를 중점 개혁 대상으로 규정하고 최근 통과된 130억 불의 '경기 부양 재정American Recovery and Reinvestment Act' 중 30억 불을 지원해 실패한 학교 폐쇄, 무능한 교직원 해고와 같은 극단적 처방을 통해 학교를 개혁한다고 한다. 경쟁과 시장 원리를 학교 사회에도 적용해서 학생은 양질의 교육을 받을 수 있도록 하고, 학교와 교사는 학생의 학업 성취도에 대한 책임을 지게 하겠다는 것을 개혁의 원리로 삼는다는 것, 또한 학교 자율화, 학교와 교사 평가, 교사 성과급제 등을 도입해 공교육의 경쟁력을 높이겠다는 것이 오바마 행정부의 계획이다.

필자가 교육위원으로 봉사했던 던랩 학군의 던랩고등학교 전경이다.

　학교의 교사직은 다른 분야에 비해 그 보수가 높은 편은 아니나 직업 특성상 노동 강도와 위험성이 낮고, 방학과 많은 휴일이 주어지며, 근무 환경이 좋고, 직업의 안정성이 높은 직종으로 분류된다. 하지만 경쟁이 심하지 않고 실직할 가능성이 매우 낮기 때문에 교직원은 무사안일에 빠져 일상적인 일을 되풀이하고 현실에 안주하게 될 가능성 또한 높다. 특히 공립학교는 변화에 민감하지 않으며 보수적으로 운영되는 조직이기에 새로운 것에 대한 도전이나 습득이 더딜 가능성이 있다. 하지만 어느 분야나 마찬가지이듯 경쟁이 없으면 발전의 필요성을 간과하게 되고 결국에는 뒤처지고 도태된다. 특히 지금 미국 전역을 휩쓰는 경제 침체기에 재정적으로 어려움을 겪고 있는 학교가 상당히 많으며, 통합 또는 폐교되는 학교가 속출하고 있다. 그 원인으로는 여러 가지 이유가 있겠으나 결국 학교로서 경쟁력을 잃었기 때문이다.

우리가 살고 있는 시대는 무한 경쟁과 시장 원리가 지배하는 신자유주의 시대로 학교도 그 영향권에서 자유로울 수는 없다. 어린 학생들이 양질의 교육을 받을 수 있는 기회는 일생에 단 한 번뿐이기에 학부모들이 학생들의 능력과 잠재력을 키워 줄 수 있는 학교를 찾게 되는 것은 당연한 이치理致다. 자녀 교육에 관심이 있는 부모는 주거지 선택의 한 기준으로 해당 학군의 학교 수준을 따질 것이다. 학교의 고객인 학부모와 학생이 공교육에 대한 학교 선택권을 행사해 좋은 학교가 있는 학군을 찾게 되면 그 지역과 학교의 수준이 따라 높아지게 되는 선순환 구조를 구축하게 된다. 하지만 선호도가 떨어지는 학교는 학생 수가 줄고 따라서 재정 또한 감소하게 되고 학교의 교육 활동 또한 위축되게 되어 점차 학교의 경쟁력이 약화되게 된다.

학교의 경쟁력을 유지 또는 높이기 위해 학교가 할 수 있는 방법으로는 교사의 실력과 수업의 질을 높이기 위한 교사의 계속교육과 연수 기회의 확대, 학생들의 학업 성적 향상 확인, 학생들의 인성 지도 방법의 개선, 학생들의 다양한 과외활동의 기회 제공, 학교 시설 확충과 학교 환경 개선, 교사와 학부모와의 긴밀한 상담과 연계 구축, 학교 예산 확보와 그 증액을 위한 노력 등이 있을 수 있겠다. 하지만 학교를 개선시키는 노력에는 학교는 물론 학부모와 지역사회의 지원과 참여가 절대로 필요하다. 학교의 고객이면서도 지역사회의 구성원으로서 학부모는 학교 개선의 책임과 의무를 학교와 공유하며 학교 교육위원회를 통해 학교와 학생 및 교사를 진단하고 성찰省察하는 일에 적극적으로 참여해 학교가 경쟁의 사각지대에 안주하는 것을 막고 양질의 교육을 이끌어 내기 위한 노력을 지속적으로 해야 한다.

★ 전인교육

★

　가정 교육과 학교 교육을 구분할 때 일반적으로 가정 교육은 인성 교육을, 학교 교육은 지식 교육을 담당하는 것으로 생각한다. 그런데 학교 교육도 지식 교육뿐만 아니라 인성 교육을 포함하는 전인교육을 목표로 하고 있기 때문에, 가정 교육의 효과를 높이기 위해서도 학교가 지향하는 교육 목표를 이해할 필요가 있다.

　미국의 학교 교육 목표는 1950~60년대에 정립되었고 이후 계속 수정 보완되어 왔으며 지知, cognitive, 정情, affective, 체體, psychomotor를 조화 있게 발전시키는 이른바 '전인교육全人敎育'을 지향하고 있다. 전인교육이란 인간이 지니고 있는 여러 자질을 조화시키며 원만한 인격자를 기르는 교육 이념으로 긍정적인 인간관에 기초한 인본주의 사상을 배경으로 폭넓은 교양과 건전한 인격을 육성하는 것을 말한다. 그 첫 번째 영역인 인지認知적 영역에는 '지식, 이해력, 분석력, 종합력,

평가력, 해석력, 추리력' 등이 포함된다. 두 번째 영역인 정의情意적 영역에서는 '감수성, 반응 성향, 흥미, 태도, 동기, 가치관, 신념, 성격' 등 감정 성향이 수반 되는 특성들이 포함된다. 세 번째 영역인 심체心體적 영역에는 '건강, 체력, 민첩성, 지구력, 순발력, 인내심, 활동성' 등이 포함된다. 이 세 영역의 특성들을 조화와 균형 있게 육성하고자 하는 것이 학교 교육의 목표인 것이다. 이들 세 영역의 특성들 이외에도 여러 특성이 종합되어 형성되는 창의성, 지도성, 헌신성 등도 교육 목표에 포함된다. 실제적인 정신 작용이나 행동 성향에는 세 영역의 여러 특성들이 서로 유기적으로 관련성을 가지면서 개인의 사고 및 행동의 방향과 그 정도를 결정하게 된다. 배워서 알고 있는 지식을 무엇을 위해 어느 정도 사용할 것이냐는 흥미, 동기, 의지, 가치관 등 감정을 수반하는 정의적 특성과 지구력과 인내력 등 체력적 특성 등의 영향을 받아 결정되는 것이다. 우리 주위에서 흔히 보아 알고 있는 일이지만 많이 배워 지식 수준이 높은 사람이 반드시 훌륭한 일을 하는 것은 아니며, 음악과 미술 등에 재능이 있다고 해서 유명한 예술가가 되는 것도 아니고, 체력이 좋다고 해서 세계적 수준의 운동선수가 되는 것도 아니다. 어느 영역에서나 뛰어난 업적을 낸 사람은 높은 지적 수준뿐만 아니라 헌신적인 가치관과 의지는 물론 인내, 끈기, 성취 의욕과 열정 등을 고루 갖춘 사람들이다.

우리나라도 오래전부터 전인교육을 강조하고 힘써 온 기록이 역사에 남아 있다. 삼국유사에 나타난 인간을 널리 이롭게 한다는 의미인 '홍익인간弘益人間'에서부터 신라의 화랑도花郎徒, 고려와 조선시대의 육예六藝를 거쳐 근대에 이르러 1895년에 발표된 교육조서에도 지덕체智德體를 강조함으로써 전인교육의 이념을 일찍이 추구했다. 19세기 초에는 외국 선교사들이 세운 배재학당, 이화학당 등 선교계 학교에서 근로정신과 자립정신, 개인의 사회적 책임과 평등 의식을 일깨웠으며 여러 가지 활동과 운동을 장려함으로써 전인교육을 실제로 구현하려고 노력했다.

하지만 현대의 산업사회로 들어오면서 빠른 경제 발전을 이룩해 물질 만능 풍조가 만연하고, 교육이 주로 출세의 방편으로 인식됨에 따라 지적 능력이 다른 특성에 비해 크게 부각되었다. 그에 따라 교육제도의 개편 때마다 전인교육의 중요성은 항상 교육의 주요 목표로서 강조는 되었으나 교육 현실에 실제로 반영되지는 못했다. 교육 목표로 설정해 둔 전인교육은 상급 학교 입학 경쟁이 과열되면서 뒷전으로 밀리고, 암기 위주의 반복 학습 교육에 치중할 수밖에 없게 되었다. 지식 교육의 평가는 객관성이 보장되는 반면, 정의적 특성의 평가는 다분히 주관적으로 평가되는 것이기에 그 결과를 학생이나 학부모가 쉽게 수용하지 못했고, 대학도 논란을 피하기 위해 입학 사정 기준에서 이를 배제했다. 따라서 현재 한국의 학교 교육에는 전인교육의 실현이 거의 포기하다시피 되었다. 그러나 미국의 교육 시스템은 학생들의 평가에서 정의적 특성들을 중요시하고 있으며 대학 입학 사정에서도 중요한 부분을 차지하고 있다. 각급 학교에서도 정의적 특성의 육성을 통해 전인교육의 이상 실현에 교육 목표를 두고 교육 활동을 다양하게 시도하려 노력은 하지만 학교로서 갖는 한계가 있을 수밖에 없다. 따라서 전인교육의 실현을 학교에만 전적으로 의지할 수만은 없고 정의적, 심체적 특성을 육성하기 위한 노력은 가정 교육의 몫이 더 크다고 할 수 있다.

학생을 두고 있는 부모들은 학교에서 주로 가르치는 교과 교육뿐만 아니라 넓은 의미의 인성 교육을 위해 각별한 관심과 노력을 기울여야 할 것이다. 체력을 겸한 의지력이나 지구력을 키우기 위해 운동을 시킨다든지, 학교에서나 지역사회에서 마련해 주는 사회봉사 활동에 적극 참여한다든지, 영화나 책을 통해 견문을 넓히고 가족 간의 폭넓은 대화의 기회를 가져 삶의 의미와 목표에 대해서 생각할 수 있게 하는 의도적인 노력이 지속되어야 할 것이다.

학교 교육위원회 조직

지난주에는 중부 일리노이 밸리 디비전Central Illinois Valley Division 소속 교육위원들의 정기 모임이 필자가 교육위원으로 있는 던랩 학군의 한 중학교에서 있었다. 마침 필자의 딸이 다니는 학교에서 모임을 주최했기에, 딸이 활동하는 코러스와 재즈밴드가 교육위원회 모임을 위해 합창과 연주를 해 주었다. 모임의 등록을 마친 후 배경으로 흐르는 코러스의 아름다운 노래를 뒤로하고 모임의 참석자들과 담소를 나누며 회의 순서가 시작되기를 기다리는데, 갑자기 코러스가 생일 축하 노래를 부르기 시작하는 것이었다. 처음에는 눈치를 못 챘으나 노래 소리가 점점 커짐에 따라 곧 그 노래가 필자를 위한 것임을 깨닫고 코러스에 손을 흔들며 고맙다는 표시를 했다. 마침 필자의 생일이 그다음 날이었는데, 딸의 즉석 제안으로 코러스가 생일 축하 노래를 불러 준 것이었다. 생각지도 못하게 받은 학교 코러스의 생일 축하 노래는 지금까지 받은 어떤 생일 선물 중에서도 가장 값진 생일 선물이 될 것 같다. 딸이 그날 아침에 내게 교육위원 모임에 꼭 참석할 것인 지 재차 확인을 했는데, 그런 계획이 있어서인 줄은 몰랐었다. 분명히 학교 교육위원인 아빠를 자랑스러워하기에 딸이 용기를 내어 그런 제 안을 했을 것이란 추측을 하면서, 교육위원회 활동을 하다 보니 이런 감동적인 순간도 있구나 하는 생각에 오랜만에 가슴 뿌듯해짐을 느 낄 수 있었다.

일리노이주에 800여 개가 넘는 학교 또는 학군 단위의 교육위원회 는 지역별로 21개 디비전으로 조직되어 있는 일리노이교육위원협회 Illinois Association of School Boards라는 비영리 조직에 가입되어 있다. 이 협회는 지역 시민의 관리 감독을 통해 공립학교를 육성시키기 위 해 헌신하고 있는, 지역 교육위원회들로 구성된 자발적으로 운영되는 조직이다. 이번 정기 모임을 통해 그간의 협회 활동을 보고했는데 현 재 미 연방 정부와 일리노이 주 정부가 추진하는 교육혁신과 경기 부 양 정책의 연관싱에 내한 이해와 그에 따른 정치권의 움직임이 주된 내용이었다. 협회는 주 정부에 공식적으로 소속된 기관은 아니지만 일리노이주가 정한 학교 법에 따라 권한을 위임받은 비영리 법인으로 서, 그 주된 임무는 지역 학교의 공교육의 활동을 폭넓게 지원하는 데 있다. 협회는 1913년에 몇 개의 학교 교육위원회가 협력해 발족되 었는데, 현재는 일리노이주 교육위원회의 98퍼센트가 회원으로 가입 되어 있는 영향력 있는 단체로 성장했으며, 각 교육위원회는 연회비를 납부함으로써 협회를 재정적으로 지원하고 있다. 협회는 매년 대의원에 의해 세워진 정책과 방침을 제시하고 그 관리와 실행을 실무이사진이 맡도록 규정하고 있는데, 현재 협회에는 약 80여 명의 고용된 유급 인력이 스프링필드Springfield와 롬바드Lombard에 사무실을 두고 업무를 보고 있다. 협회의 주 업무는 지역 교육위원회에 대한 지도, 봉사 그리고 교육에 관련된 서비스의 제공에 있는데, 교육위원들에게 필요한 지식과 기술에 대한 교육, 교육위원회의 입장을 주 정부에 대변하는 역할, 연수나 정책 수립을 위한 자문과 검토, 정보 수집과 미디어 매체와의 관계 등이 포함된다. 협회는 또한 전국 학교 위원회National School Boards Association에 가입되어 있어 전국 연합 차원의 여러 가지의 관리와 통제, 지회와 통솔, 홍보 활동 등의 업무를 담당한다.

던랩 학군이 소속된 중부 일리노이 밸리 디비전에는 산하 46개의 학교 교육위원회가 가입되어 있는데, 이번 정기 모임에 많은 교육위원들이 각 학교를 대표해 참석했다. 100여 명이 참석한 인원 중에 소수계는 필자 하나뿐이었다. 대도시가 아닌 백인 중심의 중부 일리노이의 지역적 특색을 감안하더라도 소수계, 특히 아시안계가 좀 더 교육위원 활동에 참여했으면 하는 아쉬움이 컸다. 많은 한인 지도자들이 이미 여러 번 지적했지만 한인의 미국 주류 사회의 참여나 지역 공동체의 초석을 쌓는 일에는 다른 소수 민족들보다 그 적극성이 아직도 현저히 낮다 한다. 어느 누구보다 2세들의 교육을 중시하는 한인들에게 보람과 의미가 있는 봉사 활동으로써 학교 교육위원회의 참여를 권하고 싶다.

던랩은 변신 중

필자의 초등학생 시절, 공부 잘하고 인기도 많았던 한 친구를 아직도 기억한다. 공부뿐 아니라 그때 당시로는 드물게 바이올린도 잘 켜 학교 학예회 무대의 단골 공연자였다. 모든 것을 다른 아이들보다 월등히 잘하니 모든 상을 휩쓸고 반장도 도맡아 놓고 했다. 그런데 중학교에 가니 판도가 조금 변했다. 초등학교에서 잘하던 친구들이 약간 평범해지고, 새로운 친구들이 두각을 나타내기 시작했다. 다른 아이보다 조금 일찍 깨우친 아이들이 초등학교 때 잘했었다면 중학교에서는 많은 아이들이 철이 들면서 경쟁이 치열해지기 시작했다. 고등학교에 가니 상황은 또 한 번 바뀌었다. 그전에는 다른 아이들보다 머리가 좋은 아이들이 잘했다면, 고등학교에서는 꾸준히 노력하는 학생이 앞서가기 시작했다. 그러고 보면 저학년 때 잘했다고 해서 고학년에 가서도 잘할 것이라는 보장은 할 수 없나 보다. 고학년으로 갈수록 배우는 과목들이 다양해지고 난이도도 높아지며 공부 외에도 과외활동 등 해야 할 것이 많기에, 같은 공부 방식이나 습관 그리고 같은 정도의 노력 가지고는 따라가기가 힘들어지는 것이다. 특히 배우는 과목에 따라 요구하는 능력이 다르기에 그에 따라 공부하는 전략과 계획을 가지고 자기 자신을 계속 변화시키며 맞춰 나가야 학년이 올라갈수록 잘할 수 있게 되는 것이다.

학생뿐 아니라 학교도 학생들의 학습 능력을 향상시키기 위해 끊임없이 변화해야 한다. 전에 통하던 교수법이나 커리큘럼으로는 빠르게 변해 가는 세상에 경쟁력 있는 학생을 키워 낼 수는 없다. 테크놀로지뿐만 아니라 우리가 살고 있는 시대의 문화와 생활 습관이 바뀌고 있기에, 세대에 따라 효과적인 학습지도 방식도 변해야 하는 것이다. 하지만 다른 사회 조직과 비교하면 학교는 답답할 정도로 변화에 둔감하다. 미래학자 앨빈 토플러Alvin Toffler가 미국 사회에서 기업체는 가장 빠른 속도인 시속 100마일로 변화하는 데 반해, 정부 조직은 30마일, 학교는 10마일로, '변화에 가장 느린 사회가 학교 조직'이라고 지적했다 한다. 필자도 그것에 절대적으로 공감한다.

변화를 수용하려면 먼저 어떠한 방향으로 개선하며 나아가려는지 그 목표와 비전이 명확하게 설정되어 있어야 한다. 그리고 그 목표와 비전을 구현하기 위한 구체적인 방법이 제시되어야 하고, 계획에 맞춰 단계적으로 실행해 나아갈 수 있는 추진력이 뒷받침되어야 한다.

최신 교육 개념을 구현한 던랩밸리중학교Dunlap Valley Middle School의 내부 전경이다.

현재 미국에서는 부시 행정부의 "어떤 아이도 뒤처지지 않게No Kids Left Behind"에 이어서 오바마 행정부의 "정상을 향한 경주Race to the Top" 등 교육개혁에 대한 의지와 노력이 진행 중이다. 이렇게 정부 주도하의 개혁은 새로운 제도의 도입에 따른 기존의 가치나 기준, 관행의 변화를 도모하는 큰 틀과 동기 유발 그리고 재정적인 보조에 기대를 걸 수 있다. 하지만 수업 방식, 수업 환경, 업무 개선 등 단위 학교 수준의 개혁은 무엇보다도 해당 학교의 구성원들—학생, 학부모, 교사 등—이 변화의 필요성을 인식해 그 변화의 방향과 방법에 공감대를 형성하고 지원을 아끼지 않을 때 가능하다.

필자가 교육위원으로 활동하는 던랩 학군은 지금 변신의 과정을 겪고 있다. 꾸준히 성장해 온 학군 영역 내의 커뮤니티 영향으로 지난 10년 동안 전체 학생 수가 2,000명에서 3,500명으로 증가해, 올해 처음으로 고등학교의 학생 수가 1,000명을 넘어섰다. 그동안 늘어나는 학생 수를 감당하느라 세 군데의 새로운 학교를 지었고, 이에 따라 학군 전체 예산은 10년 전 1,000만 달러에서 세 배나 증가해 내년 예산은 3,000만 달러가 넘을 것으로 계획을 하고 있다. LUDALarge Unit District Association라는 대형 학군만 받아들이는 협회에 가입할 수 있는 자격도 주어지면서, 이제 던랩 학군은 피오리아 교외suburb 지역의 작은 학교 이미지에서 벗어나 웬만한 규모를 자랑할 만한 대형 학군으로 변화해 가고 있는 것이다. 그에 따라 학교를 구성하는 학생들과 학부모의 다양성이 증가하면서 학교에 대한 여러 가지 기대와 요구가 표출되고 있다. 학교의 점심 메뉴에 종교적인 이유로 특정한 메뉴를 제공해 달라는 요청, 제2외국어의 학습 연령을 낮추어 달라는 요청, 새로운 운동 팀을 창단해 달라는 요청 등등. 전에는 생각지 못했던 많은 의견들이 학교로 접수되고 있다. 사실 던랩은 학교 개혁을 할 수 있는 절호의 기회를 지금 맞고 있다. 지난 4월 지방선거를 통해 필자를 포함 2명의 개혁 성향을 가진 교육위원이 선출되었고, 7월에는 새로 부임한 교육감이 업무를 시작함과 동시에 학교를 이끌어 갈 새로운 스태프진의 보강이 있었다. 새로운 교육감의 리더십과 교육위원회의 지지로 학교 개혁의 첫발자국으로서 지난 9월, 학생, 교사, 학부모, 지역 인사, 교육위원 등으로 다양하게 구성된 40여 명의 던랩학군발전계획위원회Dunlap School Strategic Planning Committee가 발족되었다. 미래의 던랩 학군이 어떠한 비전과 목표를 설정하고 방향을 잡아 나아갈지, 자못 기대가 크다.

★
감기와 결석
★

학생의 학교 출석은 학생의 학업 성취에 절대적으로 필수적이기에, 어느 나라건 여러 가지 제도의 시행을 통해 학생들을 학교에 잡아 두기 위해 노력하고 있다. 한국에는 선생님들의 사기 진작과 학생들의 학교 등교를 독려하기 위해 1년 동안 결석이 없는 학급 담임교사에게 표창을 하는 '무결석 학급 담임 표창'과 '무결석 학교 표창' 등의 제도가 있다고 한다. 미국에서는 학교를 가지 않고 길거리나 쇼핑몰 등을 돌아다니다 적발된 학생에게 벌금을 부과하는 '낮 시간 통행금지법'이 지역별로 도입되고 있다고 하니 같은 목적에 대한 다른 접근 방식이 한국과 미국의 독특한 문화적 배경을 반영하는 것 같아 흥미롭다.

필자가 한국에서 학교를 다닐 때에는 학교는 무조건 가야 하는 것으로 알았고 아무리 아파도 약을 먹어 가면서까지 학교에서 끙끙거리며 참아 내었다. 지금 생각해 보면 학교도 양호실에 아픈 학생들을 위해 침대까지 준비해 두고 아파도 학교에 나와서 아프라고 배려를 해 준 것 같다.

지난 6월 세계보건기구WHO는 독감의 원인이 되는 인플루엔자에 대한 경보를 최고 단계로 격상시켜, 이른바 돼지독감swine flu 또는 신종플루H1N1라 불리는 바이러스가 대유행할 것으로 발표했다. 신종플루의 대유행에 대한 경고는 1968년 홍콩에서 인플루엔자로 약 100만 명이 숨진 이후 41년 만이라 하니, 북미에서 시작한 신종플루가 이제 전 세계로 전파되기 시작해 그 영향이 얼마나 클지 걱정스럽다.

감기의 40퍼센트가 가을에 발생한다는 통계가 말해 주듯 지금 감기나 독감이 주위에서 빠르게 확산되고 있다. 10월에 들어오면서부터 감기에 걸린 학생들이 늘어나더니, 지난주 한 던랩의 초등학교에서는 무려 학생들의 3분의 1이 결석하는 등 이 지역에 감기가 무척 유행하고 있다. 심지어 신종플루에 감염된 학생도 일리노이 중부지역인 테이즈웰 카운티Tazewell County에서 하나둘씩 늘더니 드디어 지난주 던랩 학교에서도 한 명이 신종플루에 감염된 것으로 나타났다. 학교에서는 각 가정으로 통신문을 보내고 학교를 소독하는 등 신종플루의 확산을 막기 위해 할 수 있는 노력을 다 하고 있다.

수많은 종류의 감기와 독감은 계속적으로 변이變移하는 각종 바이러스에 의한 감염인데, 그 근본적인 치료 약이 아직 개발되지 않고 있기에 과학자들은 앞으로 인류에게 닥칠 최악의 재앙 중의 하나로 '감기'를 꼽기도 한다. 감기나 독감은 그 원인이 되는 바이러스가 몸 안에 들어왔을 때 몸의 면역 기능으로 물리칠 수 없을 때 걸린다. 면역력이 저하되지 않게 하려면 우선 신체를 따뜻하게 해야 한다. 몸이 차가워지면 그에 따라 감염에 대응하는 신체 능력이 떨어지고 감기에 걸리는 확률이 높아지기 때문이다. 또한 피로가 누적되어도 면역력이 떨어지기 때문에 영양과 휴식을 충분히 취해 주는 것이 중요하다 한다. 카네기멜론대학Carnegie Mellon University 연구팀은 수면 시간이 일곱 시간 이하로 잠이 부족해질 경우 면역력이 떨어지기 때문에 감기에 걸릴 위험이 세 배나 높아진다는 실험을 했고, 사우스캐롤라이나대학University of South Carolina 연구팀은 운동을 규칙적으로 하는 사람이 감기에 걸릴 위험이 30퍼센트가량 줄어든다는 연구 결과를 발표하기도 했다. 공기에 떠다니는 바이러스가 몸 안에 들어오는 것을 막기는 실제적으로 어렵기 때문에 충분한 휴식과 규칙적인 운동으로 신체 면역력을 유지하거나 증대시키는 것이 감기나 독감을 극복하는 방법이다.

그래도 어쩔 수 없이 몸이 아파 학교에 올 수 없는 경우가 있기에 학교에서는 학생들의 병과 결석에 대해 자세히 규정해 놓고 있다. 일단 열이 있으면 학교에 오지 말고 집에서 쉬며, 해열제를 먹지 않은 상태에서 24시간 동안 열이 없어야 다시 등교하도록 권장하고 있다. 학생이 조퇴할 경우에는 그 타당한 이유를 설명해야 하고 학생은 부모가 데리러 올 때까지 학교 사무실에서 기다려야 한다. 수업을 빠지게 되면 나중에라도 빠진 수업의 과제—숙제와 시험—를 마쳐야 성적 처리가 된다. 학생이 학교를 나오지 않았을 경우 학교는 그 학생의 결석을 확인할 책임이 있다. 그렇기에 학생이 결석을 하게 될 경우 부모나 보호자가 아침에 학교로 전화를 해서 결석하게 되는 이유를 학교에 알려 주도록 하고 있다. 학생이 학교에 오지 않았는데 부모나 보호자로부터 아무런 연락이 없으면 학교가 부모나 보호자에게 연락을 취하도록 되어 있다. 또한 학생은 학교 활동 시간 중에 어떠한 약도 가지고 있을 수 없으며, 자신 스스로 약을 먹을 수 없도록 규정되어 있다. 만약 학생이 갖고 있는 만성적인 지병—당뇨 등—의 이유로 약이 꼭 필요하다면, 의사의 처방에 따라 약을 줄 수 있도록 공식적으로 서류를 작성해 학교에 요청해야 한다. 그러면 학교 간호사가 정해진 절차에 따라 학생에게 투약하는 편의를 제공하게 된다.

학교마다 정해 놓은 병에 대한 조치와 결석에 대한 규칙과 절차가 조금씩 다를 수가 있으니, 학부모는 그 내용을 잘 숙지하고 자녀가 아프거나 학교를 결석해야 하는 경우에 학교와 협력해서, 자녀에게 적절한 조치가 취해지도록 해야 할 것이다.

★ 자녀 학습지도
★

필자가 공부를 열심히 해야겠다고 생각하기 시작한 것은 중학생 때라고 기억한다. 그래서 나름대로 열심히 공부한다고 했는데 생각만큼 성적이 나오지 않았다. 성적이 나오지 않을수록 공부에 시간을 더 많이 투자했는데, 성적이 오르기는커녕 갈수록 성적이 뒤처져 갔다. 어떻게 해야 공부를 잘하는 것인지 몰라 공부를 효과적으로 하지 못했던 것이다. 시행착오를 겪고 고등학교에 가서야 나름대로 나에게 맞는 공부하는 방법을 깨달아 공부를 한 기억이 난다.

애초부터 공부하는 것을 좋아하도록 타고난 사람은 별로 없을 것이다. 공부란 누구에게나 어렵고 힘들고 하기 싫은 일이다. 돈으로 살 수도 없고 남이 대신 해 줄 수 없는 자신과의 고독한 싸움이다. 더구나 공부에는 쉽게 갈 수 있는 지름길이 없기 때문에 결국 자신을 달래 가면서 노력하고, 자신에게 알맞은 공부 습관과 효과적인 공부 방법을 각자 알아서 개발해야 하는 것이다.

자녀를 둔 부모라면 누구나 자녀가 하는 공부와 학습 성취도에 관심을 가질 것이다. 자녀가 공부를 열심히 하고 학교 성적도 좋으면 부모도 기분이 좋겠지만, 그렇지 않은 경우는 화가 나서 야단을 치게 되는 경우가 많을 것이다. 칭찬과 격려는 공부를 더 열심히, 잘하게 하는 효과가 있지만, 야단을 치거나 벌을 가하는 것은 오히려 역효과가 날 수도 있다. 칭찬과 격려, 꾸중과 질책을 적절히 구사해 가며 평화롭게 자녀의 학습 효과를 이끌어 내는 것 또한 부모가 스스로 깨달아야 하는 고급 기술인 것이다.

공부를 잘하기 위해서는 기술적인 면에 앞서 공부를 왜 해야 하는지, 공부하는 목적이 무엇인지를 먼저 자녀들과 대화를 통해 깨우쳐 주어야 한다. 자신이 앞으로 무엇을 할 것인지, 무엇이 되고 싶은지에 대한 목표와 그에 대한 계획 없이 무딕대고 공부만 열심히 하라고 하면 자발적인 노력은커녕 좋은 결과를 기대하기 어렵다. 일단 목표를 정해 구체적인 학습 계획을 세우고 공부에 습관을 붙이면서 꾸준히 노력을 하다 보면 자연스럽게 학습 효과가 나오는 것이다.

학교에서 배우거나 책을 통해서 하는 공부의 대부분은 원리, 현상, 사건 등에 관한 지식을 외우거나 기억하는 것이다. 그래서 암기력이나 기억력이 좋은 사람을 '머리가 좋은 사람'이고 '공부 잘하는 사람'이라고 한다. 암기력이나 기억력이 뛰어나다고 해서 창의적이거나 통솔력이 뛰어난 사람이 되는 것은 아니지만 일단 학습을 통해서 가능한 한 많은 것을 기억해야 학교에서 좋은 성적을 올릴 수 있다. 기억력을 강화하고 학습 효과를 높여 자녀의 공부에 도움이 될 수 있는 요령을 몇 가지 적어 보고자 한다.

보고, 듣고, 읽은 것이라고 해서 그 모든 것을 다 기억할 수는 없다. 그것을 오래 기억하기 위해서는 먼저 내용의 의미와 뜻을 이해해야 한다. 그리고 그것을 머리에 저장하게 되는데 그 저장 방법에 따라 쉽게 잊어버리거나, 혹은 오래 기억할 수 있게도 된다. 먼저 기억을 잘하기 위해서는 읽기, 듣기, 쓰기, 말하기의 모든 방법을 이용할 필요가 있다. 책을 읽더라도 눈으로만 읽지 말고 소리 내어 읽으면서 중요하다고 생각되는 내용에 표시하거나 연습장에 써 보는 등 모든 감각기관을 동원해 입체적으로 학습을 해야 기억에 오래 남게 하는 효과를 높일 수 있게 된다. 학습한 내용에 대한 기억을 더욱 강화하기 위해서는 공부한 내용을 요약해서 메모해 두고, 그 내용을 남과 이야기하면서 자주 인용하거나 또는 그 내용을 몇 차례 복습하면 그 기억은 훨씬 더 오래간다. 개인에 따라 신체적 정신적 조건이 다른 것처럼 공부에 집중이 잘되는 시간대와 집중을 할 수 있는 학습 시간의 한계가 각자 다르다. 개인차에 따라 공부 시간과 휴식 및 수면 시간을 적절히 이용하면 집중력을 살리면서 공부를 효율적으로 잘 할 수 있다.

공부하는 요령 이외에 공부하는 방의 분위기와 책상 위의 정리 정돈도 공부의 집중력을 높이는 데 중요하게 작용한다. 공부방은 우선 조용하며 안정감이 있도록 꾸미고, 공부할 때 자주 사용하는 물건은 손 닿는 곳에 잘 정리해 두며 방의 온도를 적정하게 유지해 주는 것이 좋다. 음악을 듣거나, 컴퓨터나 휴대폰을 곁에 두고 공부하는 것은 머리를 산만하게 하기 때문에 공부에 지장을 준다. 공부하는 자세도 매우 중요한데 책상에 바른 자세로 꼿꼿이 앉아서 공부하는 것이 신체에 무리가 없고 정신 집중을 오래 하는 데 도움이 된다.

필자는 공부할 내 반드시 복표와 계획을 먼저 세워 놓고 공부하라고 권하고 싶다. 물론 계획을 세운다고 해서 다 계획대로 되는 것은 아니겠지만, 계획이 없으면 좋은 결과를 기대하기는 더더욱 어렵다. 계획이 있더라도 머릿속으로만 생각해 두는 것보나는 계획표를 만들어 놓는 것이 훨씬 도움이 된다. 많아 보이는 공부량도 하루에 할 수 있는 분량으로 세밀히 계획을 세우면 할 수 있겠다는 자신감이 생기기 때문이다. 공부는 결국 머리가 똑똑한 사람이나 체력이 좋은 사람보다는 끈기를 가지고 꾸준히 하는 사람이 마침내 좋은 결실을 맺는다는 '거북이와 토끼'의 진리를 상기해 보며, 우리 학생들이 오늘도 열심히 공부하기를 기대해 본다.

★
퇴학 청문회
★

학교 교육위원회의 업무는 보람 있는 일임에는 틀림없다. 지역사회를 위해, 특히 어린 학생들을 위해 학교를 발전시키는 의미 있는 봉사 활동이다. 하지만 교육위원회가 해야 하는 여러 업무 중 가장 하고 싶지 않은 일이 있다면 그것은 학생을 처벌하는 일이다. 정학suspension까지는 교장principal과 학생들의 징계 업무를 주로 맡는 교감assistant principal이 잘못의 경중에 따라 처벌의 수위를 정하고 먼저 징계를 내린 후 한 달에 한 번 열리는 정기 교육위원회 회의에서 사후 승인하는 절차를 밟는다. 처벌받는 학생들의 신분 보호를 위해 이름은 밝히지 않고 서류상에는 코드 번호로 기재하기에, 교장과 교감은 그 학생이 누구인지 알지만 교육위원들이나 다른 사람들은 정학 처분을 받은 학생이 누군지는 모른다. 그런데 퇴학에 해당하는 처벌 절차는 일단 교감이 학칙이 정하는 최고 10일간의 정학 처분을 내려 놓고 그 기간 동안 특별 교육위원회 회의를 소집해 퇴학 청문회를 열도록 규정하고 있다. 퇴학 청문회에는 교육위원들과 교육감, 녹취록을 담당하는 비서, 해당 학교장과 교감, 잘못을 한 당사자인 학생과 그 보호자가 출석한다. 청문회가 열리면 먼저 교장과 교감이 학생이 어떤 잘못을 했는지, 그 잘못이 어떤 학칙을 위반한 것이기에 퇴학에 해당되는지를 설명하고 그것을 뒷받침할 수 있는 증거물을 제출한다. 그런 다음에는 당사자인 학생의 입장과 그 보호자의 변론을 듣는다. 양쪽의 설명과 주장을 들은 후에는 모두 내보내고 교육위원들 간의 충분한 토의와 의견 교환을 한 뒤에 학교장, 교감 그리고 당사자들의 입회하에 퇴학 안건을 상정하고 교육위원들의 투표로 퇴학 여부를 결정하게 된다. 일곱 명의 교육위원 중 네 명 이상이 찬성하면 퇴학이 확정된다. 퇴학 기간은 보통 1년 미만으로, 다음 학년도에 보호관찰proba-tion 조건하에 재입학이 가능하다. 많은 경우 퇴학이 명백하면 학생이나 보호자가 청문회에 아예 참석을 않지만, 학생이 직접 출석하는 경우에는 학생을 직접 만나 보기 때문에 학생과 그 가족 앞에서 퇴학 결정을 내려야 하는 교육위원들의 마음이 무거울 수밖에 없다.

지난주에는 퇴학 청문회를 위해 소집된 특별 교육위원회의에서 무려 세 명의 학생을 퇴학시켜야 했다. 그중 두 명은 학교 주차장에서 마약을 서로 주고받았기에 변명의 여지가 없이 퇴학이 확정되었다. 다른 한 명의 경우, 친구들에게 학교와 학교 스태프들에게 위해危害를 가하겠다는 이야기를 하던 중 이 이야기를 교사가 듣게 되었다. 교사가 이를 확인하는 중에 그 학생은 자기가 한 이야기에 대해 취소하지 않고 정말로 학교 스태프를 해할 것이라고 협박했다. 위협을 느낀 교사가 학교장에게 보고했고, 그 학생은 교장실에서도 반성의 태도를 보이지 않았다. 그러자 학교장이 결국 경찰에 신고했다. 경찰이 출동해 조사를 시작하자 그제야 자신이 한 말이 진심이 아니고 농담이었다고 변명을 했지만 사태는 이미 되돌릴 수 없는 지경에 이르렀다. 조사를 담당한 경찰의 의견으로는 검찰이 사법 고발을 할 수도 있는, 위험 수준이 높은 위협이란 것이다. 그 학생은 학교 당국에 대한 불만을 표현할 때 결코 해서는 안 되는 말을 함으로써 '무관용 원칙zero tolerance'에 의해 퇴학을 당했다. 퇴학 결정을 내리면서 그 세 학생들을 보고 있자니 잘못된 판단으로 잘못된 길로 들어서는 그들의 장래가 심히 걱정스러웠다. 학교의 입장에서는 교칙을 준수하며 학생과 학교를 보호하고 또다시 그런 일이 일어나지 않도록 정해진 법규에 따라 엄중히 처벌해야 한다. 그런데 학교에서 쫓겨난 그들이 갈 곳은 어디이며, 또한 학교 밖에는 이보다 더 큰 잘못을 쉽게 저지를 수 있는 유혹이 많지 않겠는가. 학생들을 내보내면서도 마음이 무척 착잡했다.

가끔 일어나는 학교 총기 난사 사건이나 테러리스트terrorist의 위협으로 사회적 위험이 극에 달하는 요즈음 학교도 더 이상 안전지대는 아니다. 학교 당국뿐만 아니라 학생을 매일 학교에 보내는 학부모의 입장에서도 학교의 안전을 제일로 강조할 수밖에 없다. 안전한 학교를 만들기 위해 여러 학교들이 교복이나 금속 탐지기 도입 등 여러 가지 노력을 하고 있다. 그 노력의 하나로 무관용 원칙을 학칙에 도입해 강력한 처벌 기준을 만들게 된 것이다. 학교를 가장 안전한 곳으로 만들겠다는 강한 의지의 표현인 무관용 원칙은, 정상 참작이나 학생의 과거 전력前歷과는 관계없이 학교 교칙에 의거해 무기 또는 남을 해칠 수 있는 무기류의 소지, 마약 소지, 심각한 신체적 위협에 해당하는 행동이나 말 등에 대해서는—그 의도와는 상관없이—무거운 처벌을 할 것을 규정하는 정책을 말한다. 그 정책을 적용하는 데 있어 법규 남용, 처벌의 형평성, 비교육적인 측면 등의 부작용의 우려가 있지만, 잘못을 한 해당 학생의 입장보다는 다른 학생들과 학교 스태프들을 포함해 모든 사람들의 안전을 우선적으로 지키고자 함이 그 정책의 취지다.

이 같은 엄격한 처벌 기준을 학생과 학부모에게 잘 알리고자 학교 당국은 교육위원회 회의에서 합의된 교칙을 담은 학생행동품행지침서code of conduct & hand book를 만들어 학기 초마다 그 내용을 학생들에게 상세히 설명하고 그 사본을 가정에 우편으로 보낸다. 학교 당국에서 발행하는 행동품행지침서에는 학교 내에서뿐 아니라 스쿨버스, 기타 학교 교외 활동 등에서 지켜야 하는 행실과 규율 그리고 징계에 대해 자세히 설명되어 있다. 잘못을 했을 경우 응당 그 처벌을 받겠다는 의미로 학생들이 서명을 해서 학교에 제출하기 때문에 그 내용을 자세히 숙지할 필요가 있다.

일리노이교육위원협회 컨퍼런스

지난 11월 20일부터 22일까지 일리노이교육위원협회IASB, Illinois Association of School Boards가 일리노이학교관리자협회IASA, Illinois Association Of School Administrators 및 일리노이학교경영자협회IASBO, Illinois Association of School Business Officials와 연합해 해마다 주최하는 일리노이교육위원협회 컨퍼런스에 참석했다. 이제 막 학교 교육위원으로 활동을 시작한 필자로서는 처음 참석하는 행사였는데, 행사를 참석하고 보니 비영리 단체인 IASB의 규모와 조직력에 놀라지 않을 수 없었다.

1913년 스물다섯 명의 학교 교육위원들이 퀸시Quincy에서 처음 모여 조직한 일리노이교육위원협회Illinois State School Board Association는 그 첫 모임에서부터 학교 교육위원회의 문제점과 해결 방안, 학교 회계와 통계의 표준 설정, 교육위원들의 육성, 학교 시설의 효과적인 이용, 교육감의 의무, 교사의 급료, 학교의 재정에 대해 의논했다 한다.

학교 단위의 교육위원회에서 자주 토론되는 지금의 화두話頭와 별다를 바 없는 주제들에 대해 이미 100여 년 전에도 교육위원들이 이야기하고 고민했다 하니, 학생들 교육에 대한 관심과 노력은 시대가 달라져도 변함이 없다는 사실이 흥미롭다. 100여 년의 역사를 이어 오는 일리노이교육위원협회의 기본 목적 역시 변한 것이 없다. 무보수 봉사 활동의 원칙, 일리노이주 공립학교 시스템의 이해利害의 증진, 학교의 재정 확보, 학교 법률과 운영 방식의 정비 및 통일, 교육위원회와 교육감의 역할 규정 등을 교육위원협회 활동의 기본 목적으로 채택했다 한다. 그때 세운 기본 정신이 아직도 변함없이 이어져 내려오고 있음을 보며 그 꾸준함과 인내에 깊은 인상을 받을 수밖에 없다. 100여 년 동안 꾸준히 발전해 온 일리노이교육위원협회는, 현재 6,000명이 넘는 교육위원들이 867개의 지역 공립 학군에서 200만이 넘는 학생들의 교육 활동 및 학습 환경 개선을 위해 일하는, 규모 있고 성공적인 단체로 성장했다.

일리노이교육위원협회는 비록 주 정부에 소속된 기관은 아니지만 일리노이주가 정한 학교 법에 따라 권한을 위임받은 비영리 법인으로서, 그 주된 임무는 지역 학교의 공교육의 활동을 폭넓게 지원하는 데 있다. 협회의 주 업무는 지역 교육위원회에 대한 지도, 봉사 그리고 교육에 관련된 서비스의 제공에 있는데, 교육위원들에게 필요한 지식과 기술에 대한 교육, 교육위원회의 입장을 주 정부에 대변하는

일리노이교육위원협회 회의. 각 학군을 대표하는 교육위원들의 찬반 투표로 새
로운 정책의 통과 여부를 결정하는 장면이다.

역할, 연수나 정책 수립을 위한 자문과 검토, 정보 수집과 미디어 매
체와의 관계 등이 포함된다. 그 활동 중의 가장 큰 행사가 해마다 시
카고 다운타운에서 열리는 일리노이교육위원협회 컨퍼런스인데 올해
로 95회를 맞이했다. 미국에서 가장 큰 주 단위의 교육 회의로 알려
진 이 행사는 일리노이 학교 교육위원, 교육감, 교장, 학교 교육 활동
에 관계된 물품 납품업자 등등 교육계에 관계된 1만 2,000명이 넘는
인원이 참가해 효율적이면서 효과적인 학교 운영과 관리에 관해 다양
하고도 유용한 정보를 나누었다.

많은 인원이 참가한 대규모 행사였지만 행사를 조직적으로 치밀하
게 잘 준비했기에 모든 순서가 매끄럽고 질서 있게 진행되었다. 특별
히 초청된 세 명의 저명한 교육계 강연자들은 일리노이 각지에서 모

인 교육위원들에게 힘과 용기 그리고 열의를 불어넣어 주는 유머러스 하면서도 고무적인 연설을 들려주었다. 소규모 그룹으로 이루어진 115개의 다양한 주제 발표와 패널 토론회 순서에서는 실제로 교육 현장에서 일어나는 생생한 이야기로 교육위원들에게 필요한 지식과 기술 그리고 효과적으로 교육위원의 임무를 수행할 수 있도록 하기 위한 계속교육의 기회를 제공했고, 지역 학교 관리에서부터 일리노이주 교육의 문제점까지 다양한 의견과 경험 그리고 해결 방안에 대해 폭넓은 토론의 시간을 가졌다. 전람회장에서는 280개 업체들이 참여해 각종 컴퓨터 프로그램, 학교 급식, 보험, 은행, 스쿨버스, 학교 건물 설계와 시공 등 학교 운영에 필요한 다양한 서비스와 물품 들을 전시하고 설명했다. 이외에도 현재 일리노이에서 진행되고 있는 스물여섯 개 학교의 공사와 건축에 대한 전시, 시카고 공립학교 견학 그리고 교육위원, 학교 교장 및 직원들을 위한 각종 특별 세미나와 연수의 기회 등 학생의 교육 활동을 뒷받침하는 데 필요한 모든 분야를 빠짐없이 망라한 총체적인 배움과 네트워킹networking의 장으로서, 이제 교육위원의 일을 시작한 필자에게는 매우 인상 깊고 유익한 컨퍼런스였다.

우리 아이의 한글 교육

★

　감사할 것이 많은 추수감사절Thanksgiving Day 주간에 또 하나의 감사하고도 깜짝 놀랄 만한 일이 있었다. 11월 7일 시행된 SAT Subject 한국어 시험 결과가 24일에 발표됐는데, 고등학교 11학년에 다니는 아들이 800점 만점을 받은 것이다. 사실 한국어 SAT 시험에서 만점은 흔하게 나온다. 미국 대학위원회College Board에서 집계한 통계에 의하면 1998년 이래 한국어 시험을 치른 학생 중 만점을 받은 학생이 34퍼센트 정도나 된다 한다. SAT의 다른 언어 과목에 비해 시험을 치르는 학생 수가 상대적으로 적지만, 한글에 자신이 있고 좋은 점수가 예상되는 조기 유학생이나, 한국 문화를 가까이에서 접할 수 있고 대도시에 거주하는 1.5세 한인 학생들이 시험을 많이 보기 때문일 것이다. 하지만 한국의 초등학교 고학년 수준으로 출제된다는 한국어 시험은 미국에서 태어나 한국 문화를 많이 접하지 못하고 자라나는 한인 2세들에게는 결코 쉬울 수만은 없다. 우리 아이도 미시간주 랜싱

Lansing에서 태어났고 일리노이주의 한인 수가 얼마 안 되는 중소 도시인 피오리아에서 자랐기에, 한국 문화를 많이 접하지 못하고 자라는 것이 아쉽기도 했다. 하지만 본인과 부모의 노력으로 한국어 시험에서 좋은 점수를 받았다는 것은, 마땅히 한글을 배울 곳이 없어 한글 학습을 포기하고 있는 한인 2세들에게 '노력하면 길이 있고 얼마든지 할 수 있다'는 좋은 본보기가 될 것 같다. 한글 교육 전문가는 아니지만, 우리 부부가 우리 아이들에게 한글을 교육한 방법에 대해 소개하고자 한다.

한글을 깨우치기 전까지는 한글에 대한 느낌을 주기 위해 쉬운 동화책을 소리 내어 읽어 준다. 군이 아이에게 읽어 보라고 강요하지는 않지만 간단한 내용을 알아들었는지는 물어본다. 자음과 모음을 깨우치며 글자 읽는 법을 단어별 '통문자'로 가르친다. 한글을 스스로 조금씩 읽을 수 있게 되면 한국에서 쓰는 초등학교 국어 교과서—1학년부터 6학년까지 총 12권—로 체계적으로 가르친다. 아무래도 한국의 학년대로 따라가기는 무리이고 6학년 교과서를 여기 중학교—8학년—끝날 때까지 익힐 수 있으면 아주 잘하는 것이라 할 수 있다. 본문을 크게 소리 내어 읽게 하고 발음을 고쳐 주며 모르는 단어의 뜻을 설명해 준다. 본문 내용, 문법을 설명하고 중간중간 내용을 물어보며 단어와 구문을 익히고, 교과서에 나와 있는 대로 짧은 글짓기를 한다. 아이에게 전체 내용을 말하게 하고 책에 있는 물음에 답하게 한다. 읽기뿐 아니라 쓰기까지 해야 한글을 잊지 않고 완전하게 습득하기 때문에 배운 본문을 노트에 반드시 옮겨 써 보도록 한다. 국어 교과서가 너무 어렵거나 재미없어하면, 국제교육진흥원—지금의 국립국제교육원—에서 발행한 총 13권으로 이루어져 있는 『한국어』 시리즈를 추천하고 싶다. 외국에 사는 한인 학생을 대상으로 한글을 익힐 수 있도록 내용이 잘 구성되어 가르치고 배우기에 쉽다. 한국 영사관이나 지역 한국 학교에 문의하면 책을 구할 수 있다. 고등학생이 되면 SAT 한국어 시험의 필요성에 대해서 이야기하고 한국어 시험 준비서를 구해 실전 문제 풀이를 통한 연습을 한다. 사실 SAT 한국어 시험 준비를 통해 단어, 문법, 독해와 듣기 실력이 월등히 향상되기에, 시험 자체보다는 한국어 실력을 쌓는다는 데 더 큰 의미가 있다. 한국어 시험 준비서로는 미주한국학교총연합회에서 발간한 『SAT 한국어 시험 예상문제집』, 한국어진흥재단에서 발간한 『SAT Subject Test 한국어시험 준비서』 및 『SAT 한국어시험 연습문제집』, 재미한인학교협의회에서 발간한 『SAT 한국어 예상문제집』 등이 있다. SAT 한국어 시험은 1년 중 11월 단 한 차례만 실시되기 때문에 미리 계획을 하고 준비를 해야 한다.

지금은 이렇게 한글 교육의 경험담을 얘기할 수 있지만, 우리 부부가 아이들에게 처음으로 한글을 가르칠 때는 어디서부터 어떻게 해야 할지 몰라서 수많은 시행착오로 아이를 헷갈리게 하고 서로를 힘들게 한 적도 많았다. 자식을 가르쳐 본 분들이라면 공감하시겠지만, 직접 내 아이를 가르친다는 것은 많은 인내와 결심이 요구되는 일이라는 것도 깨달았다. 한글을 가르치다 보면 큰소리가 나기도 하고, 그러다 보니 행여 아이들과 사이가 나빠질까 봐 그만둘 생각도 여러 번 했다. 하지만 한국인이라는 뿌리를 심어 주고 자기 정체성을 확립하는 데는 우리말을 가르치는 것이 유일한 방법이라 생각해서 포기하지 않고 열심히 한글을 가르쳤다. 주위에 아이들을 키워 본 어른들께서 격려해 주시며 하시는 말씀이 있다. 어릴 적에는 우리말을 곧잘 하다가도 커 가면서 여러 가지 이유로 배우기를 싫어해 한글 교육을 그만두었더니, 아이들이 대학을 간 후에야 한국어를 못하는 것을 아쉬워하며 반강제적으로라도 가르쳐 주지 않은 부모를 원망하더라는 것이었다. 우리말을 못하면 대학교에 가서 자기 정체성에 대해 고민하고 미국과 한국 문화 사이에서 혼란스러워하게 된다는 말을 종종 듣곤 했다. 한글 교육은 한인 부모가 아이들에게 기본적으로 해 줄 수 있는 일이기에 아이들이 다 성상한 후 뒤늦게 한글을 가르치지 못한 것에 대한 후회와 미련으로 마음 아파하기보다는, 한글을 가르치느라 지금 힘든 것이 훨씬 더 낫겠다는 생각이 들었다. 꾸준히 매주 토요일에 한 시간 반 정도씩 가르쳤다. 집에서는 한국어만 쓰는 것을 원칙으로 하며 바로 그 주에 배운 모르는 단어나 구문 등을 학교에 데려다줄 때나 식사 시간에 대화를 통해 완전히 이해하게 했다.

SAT 한국어 시험은 그 결과를 가지고 대학 입학에 유용하게 쓸 수도 있지만 한인 고등학생들에게 한글을 배우겠다는 구체적인 동기 부여가 된다는 데 더한 의미가 있다. 아이가 한인이라는 자긍심을 가지고, 한국인임을 자랑스러워하며, 한국에 계신 할머니 할아버지와 우리말로 소통하고 한국 노래나 드라마를 즐기기도 하며, 한국에서 대학을 다녀 보고 싶다는 생각까지 하기도 하니 그동안 집에서 직접 한글을 가르치느라 고생한 보람이 있다고 자평해 본다.

★
부모의 교육관과 가정의 교육 환경
★

　자녀가 태어나 성장해 가는 과정에 있어 가정이 미치는 영향이 절대적으로 크고 중요하다는 데에는 이견異見이 없을 것이다. 자녀의 성장에 영향을 미치는 가정 환경은 크게 물리적 환경과 지적 또는 정신적 환경으로 나누어진다. 가정의 물리적 환경은 주거 지역, 경제적 조건, 가옥 구조 등으로 자녀의 일상적인 생활과 활동에 영향을 미치게 된다. 연구에 의하면 도시, 농촌, 어촌 중 어디에서 태어나 자랐는지에 따라 아동의 성격 면에서도 다소간의 차이가 있다고 한다. 도시에서 자란 아이들이 이기적일 수 있는 데 비해, 농촌에서 자란 아이는 자연 순응적이고 온순하며, 어촌에서 자란 아이는 다소 적극적이고 진취적인 성격을 갖게 된다고 한다. 그리고 경제적으로 상위권이나 하위권에 있는 집에서 자란 아이들보다 중상층 자녀들의 학업 성적이 다소 높다고 한다. 그러나 이 같은 물리적 환경보다 정신적 환경이 자녀의 성장과 발달에 더 중요한 영향을 미친다.

어느 가정이나 마찬가지로, 자녀의 교육에 대해 관심을 갖지 않는 부모는 없을 것이다. 한국의 부모는 교육열이 더욱 유별한데 교육열이 높다고 무작정 좋은 것은 아닐 것이다. 부모의 교육열이 높아서 자녀를 지나치게 간섭하고 통제할 수도 있어, 오히려 역효과를 낼 수도 있기 때문이다. 부모의 이기심이나 욕심에 의해 자녀들의 건전한 성장과 바른 가치관의 성립을 방해하고 잠재력을 파괴하는 일은 올바른 교육열이라고 할 수는 없다. 따라서 부모는 자녀들의 올바른 성장을 위해 가정의 지적, 정신적 환경을 어떻게 조성할 것인지에 관심을 기울여야 한다.

올바른 자녀 교육을 위한 가정 환경을 조성하기 위해서는, 자녀를 어떠한 사람으로 키울 것이냐 하는 목적부터 먼저 세워야 한다. 여기서 말하는 목적은 반드시 거창하고 심오한 것일 필요는 없고, 자녀들에게 바라는 사람됨이나 직업 등, 부모라면 흔히 가질 수 있는 그런 것을 의미한다.

예를 들면 부모의 말을 잘 듣는 아이, 공부를 잘하는 아이, 좋은 학교와 좋은 직장에 갈 수 있는 아이 등 부모가 자녀에게 기대하는 바를 생각해 볼 수 있다. 이러한 교육관, 교육 목표는 기존의 사회 질서에 순응해서 좋은 학교를 다니고 안정된 직장에 취직하고 차츰 더 높은 지위를 갖기를 바라는 것이라고 하겠다. 이러한 교육관을 갖는 부모라면 가정의 분위기를 다소 권위주의적으로 조성해도 무방할 것이다. 가정생활에서 자녀가 지켜야 할 규칙을 정하고 그것을 잘 지키도록 지시하고, 그 규칙에서 벗어나는 행동을 하지 못하게 지도하고 자녀의 언행을 감시, 감독, 간섭하는 것이다.

앞에서 말한 이른바 '길들이기 교육'보다 새로운 것을 만들어 내는 창의성 있는 교육을 선호한다면 전형적인 교육 목적과 방법에서 벗어나야 한다. 아이들은 성장하면서 의문이 많아지고 호기심이 높아지며 각자 관심사에 따라 하고 싶은 일이 다양해진다. 이를 허용하고 받아들이려면 부모는 규칙과 통제보다는 개방하고 수용하는 태도와 노력이 필요해진다. 모든 영역에서 창의성이 뛰어난 사람의 특징은 호기심이 많으며, 개성이 강하고, 엉뚱한 면이 있으며 다소 극단적인 경우는 기존의 틀에 박힌 생활과 사회 질서를 거부한다는 것이다. 창의적인 사람으로 키우고자 하면 부모는 앞서 말한 권위주의적 가정 분위기보다는 융통성 있는 민주적인 가정 분위기를 조성해야 할 것이다. 자녀의 창의력을 높이기 위해서는 가정 분위기의 조성뿐만 아니라 구체적인 교육 방법도 달라져야 한다. 지시보다 자율적 결정을 받아들이고 장려하며, 호기심을 자극하는 환경 조성을 위해 다양한 경험을 할 수 있는 기회를 제공하고, 탐구심과 도전 의식을 갖도록 하기 위해 다소 어려운 상황을 체험하게 해 주는 등의 노력도 필요하다. 창의성이 높은 사람의 특징 중에는 남과 어울리기보다 혼자 있기를 좋아하는 특성이 있어 자칫 고립주의 내지 반사회적 성향이 생길 수도 있다. 이러한 결점을 보완하기 위해서 부모는 서로 신뢰, 대화, 협동하는 분위기를 조성하도록 노력을 기울여야 한다. 그리고 자녀의 또래 아이들과 폭넓게 사귀도록 하고 좋은 친구 관계를 만들도록 도와주어야 할 것이다.

아이들뿐만 아니라 부모 스스로도 다양한 일에 관심과 호기심을 보이며 아이들에 대해 조력助力적인 자세를 가지고 자녀와의 대화와 의논을 통해 자녀의 참여를 유도해야 할 것이다. 자녀는 부모의 말과 지시에 따라 배우기보다는 부모의 생각을 듣고 부모의 행동을 보면서 더 많은 것을 깨닫게 된다. 만일 자녀의 생각이나 행동을 변화시키고자 한다면 부모는 자녀들의 의견을 들어 가면서 충분히 논의하고 시정할 일에 대해 자녀와 합의를 보는 민주적 분위기의 의사 결정 과정을 거치는 것이 좋다. 자녀의 특성을 인정하고 자녀의 의견에 귀를 기울이며 자녀를 독립된 인간으로 존중하는 태도를 가지는 것이 권위주의적인 한국 문화에 익숙한 한인 부모가 실천하기에 쉬운 일은 아니다. 하지만 이러한 민주적인 가정의 교육 환경을 이루는 것이 자녀들 창의력 교육에 도움이 된다 하니, 하기 힘들더라도 노력해 보기를 권해 본다.

★
교육위원 선거 출마에서 당선까지 ❶
★

작년 12월 이맘때가 문득 생각이 난다. 몇 년 전부터 관심을 가져 온 학교 교육위원을 선출하는 선거에 과연 출마를 할 것인가 말 것인 가로 고심하고 있었다. 일단 후보 등록에 필요한 서류를 학군 사무실 district office에서 받아 왔지만 선뜻 마음의 결정을 할 수가 없었다. 먼 저 무보수로 봉사하는 교육위원회 일에 어느 정도나 시간을 할애할 수 있을지, 또 한국에는 없는 제도이기에 익숙하지 않은 교육위원의 역할과 책임, 언어와 문화의 장벽도 걱정이 되고, 무엇보다 지방 총선 거에 출마해 주민들의 투표에 의해 선출되어야 한다는 것이 큰 부담 으로 다가왔다. 수년 전에도 후보 등록 서류까지 받아 두고서 출마를 심각하게 고려했었는데 앞에 언급한 여러 가지 부담감 때문에 자신이 없어 후보 등록을 포기했었다.

Elect Paul Park for Dunlap School Board

on April 7th 2009 Election

Paul has vision.

✓ To build great schools

Paul has aptitudes.

✓ Change Agent

✓ Servant Leader

✓ Team Player

Paul has education.

✓ Ph.D. in Chemistry

✓ BS/MS in Chem. Eng.

Paul has passion.

✓ To serve students, teachers and community

Paul Park

Dunlap School Board

교육위원 선거 홍보용 브로슈어.

　필자는 직업인으로서 교육계에 종사하려 했던 적이 있었고, 그랬던 만큼 교육 현장 참여에 지속적인 관심을 가져 왔다. 하지만 학교 교육 활동에 직접적으로 참여해야겠다는 생각을 하고 마음먹기까지에는 상당한 시간이 필요했다. 마침 우리 아이들 셋이 초등학교, 중학교, 고등학교에 각각 다니고 있으니 아이들이 다니는 공립학교 교육에 대한 관심이 더 높아져 갔다. 초등학교에서부터 고등학교까지의 학부모, 즉 유권자로부터 폭넓은 지지를 받을 수 있지 않을까 생각하니 이번 선거가 필자가 출마하기에 절호의 기회인 것으로 생각되었다. 그래서 마음 한구석에 자리 잡고 있던 부정적이고 소심한 생각을 털어버리고 용기를 내어 한번 도전해 보기로 결심했다.

일단 선거에 출마하기로 마음먹으니 후보 등록에 필요한 서류를 갖추어 1월 말까지 서둘러 제출해야 했다. 서류 중에는 군청county clerk office에 제출해야 하는 재정적 이해利害에 관한 서류statement of economic interest가 있고 학군 지역 내에 거주하는 유권자 최소 50명에게 서명을 받아서 학군 사무실에 제출하는 후보 지명 청원서nominating petition와 입후보에 관한 서류statement of candidacy가 있었다. 유효한 유권자 50명의 서명을 확실하게 확보하려면 75~100명의 서명을 받아야 했다. 필자가 살고 있는 피오리아 지역에 평소에 잘 알고 지내는 사람은 많았지만 던랩 학군 내에 거주 중이며 유권자 등록이 된 한인은 15명 정도뿐이었다. 던랩 학군 지역에 거주하는 한인을 포함한 전체 소수계 인구의 비율이 15퍼센트 정도 되는데, 선거권을 가지고 있지 않은 분들이 대부분이라 선거에 이기려면 지역 주민들로부터 폭넓은 지지를 얻어야 했다. 이 지역에 10년 이상 살면서 가깝게 지낸 이웃들과 아이들 친구를 통해서 알게 된 가족들에게 먼저 필자의 출마를 알리고 지지를 요청했다. 고맙게도 모두들 격려해 주면서 흔쾌히 청원서에 서명을 해 주어 우선 첫 50명의 서명은 비교적 쉽게 받았다.

출마를 결정했으니 막연하게나마 알고 있던 교육위원회의 업무를 좀 더 자세히 파악해야 했다. 던랩 학군은 한 개의 고등학교, 두 개의 중학교, 네 개의 초등학교로 이루어져 있는데 일곱 명으로 구성된 교육위원회가 이들 학교들의 교육 활동을 총괄한다. 교육위원은 당선이 되면 4년 임기이고 2년마다 세 명과 네 명씩 홀수 해 4월에 치러지는 지방 총선거를 통해 선출된다. 필자가 출마한 2009년 4월 선거에서는 일곱 명 중에 세 명을 선출하게 되었다. 교육위원이 무슨 일을 하는지 여러 자료를 찾고 기존의 교육위원들을 만나서 이야기를 듣고 교육위원회 회의에도 참석하며 학교 교육위원회의 업무를 구체적으로 파악했다. 그리고 무슨 생각과 아이디어를 가지고 왜 교육위원이 되려 하는지를 정리하기 시작했다. 그러면서 만든 것이 선거운동용 팸플릿인데 가족사진과 필자의 간단한 약력, 가족 소개, 그리고 필자의 비전과 학교가 앞으로 나아가야 할 방향, 끝으로 출마의 다짐 등을 한 장 분량으로 만들었다. 이 소개서를 만드는 데 지인들의 의견도 구하고 여러 번의 교정을 통해 문장과 내용을 다듬고 편집하느라 약 2주의 시간이 걸렸다. 나중에 알게 된 것이지마는 많은 사람들이 이 소개서를 읽고 감명을 받아 필자에게 한 표를 던졌다고 한다. 시간이 걸려 만든 소개서의 위력이 생각보다 크고 대단하다는 것을 깨달았다.

필자가 살고 있는 주택단지subdivision는 120가호로 이루어져 있는데, 주택 소유자 협회home owner association가 조직되어 있어 그동안

정기적으로 여러 번 모였었다. 같은 동네에 산다는 공동체 의식이 있으니 필자가 사는 단지에서 기본적인 고정표를 확보하자는 생각으로, 12월이었지만 날씨가 좋은 날을 골라 한 집씩 방문을 시작했다. 항상 첫 집의 문을 두드리기가 가장 어렵고 힘들었다. 일단 첫 번째 집을 방문을 하고 나면 탄력이 붙어 그다음부터는 발이 저절로 다음 집으로 움직였다. 알고 지내던 이들은 물론 처음 만나는 사람들도 필자에게 교육위원 출마가 아주 좋은 생각이라며 해 주는 격려가 큰 힘이 되고, 그다음 집을 찾아가게 해 주는 원동력이 되었다. 집집마다 돌아다니면서 출마의 이유를 짧게 설명하며 지지와 서명을 부탁한 끝에 50명이면 될 청원서에 130명의 서명을 받았으니, 선거운동의 출발은 고무鼓舞적이었다.

교육위원 선거 출마에서 당선까지 ❷

2009년 1월 20일, 그동안 준비한 교육위원 출마에 필요한 서류들을 아침 8시 정각에 학군 사무실에 제출했다. 서류를 제출한 순서대로 투표용지에 등재된다. 투표용지에 첫 번째로 등재되면 당선 확률이 높을 것이라는 속설이 있는데, 그것은 선거나 후보에 관심이 없는 유권자들이 투표용지 맨 위에 있는 후보에 아무런 이유 없이 투표할 가능성이 있기 때문이라 한다. 그래서 그런지 여섯 명의 후보가 서류 접수 첫날 8시 전에 도착해 기다리고 있었다. 모두 동시에 접수된 것으로 처리되었기에 후보 등록이 마감된 후 여섯 명의 후보들이 1월 30일에 다시 모여 추첨으로 투표용지에 등재될 이름 순서를 정했다. 한 명의 다른 후보가 늦게 접수해 총 일곱 명의 후보가 입후보했는데, 늦게 접수한 후보는 자동적으로 투표용지 맨 끝 일곱 번째에 지정되었다. 추첨 결과 필자는 세 번째로 투표용지에 이름을 올릴 수 있게 되었다. 아직 선거운동을 시작도 안 했는데 투표용지의 이름 순서를 정하는 것에서부터 경쟁이 치열했다. 세 번째도 나쁘지 않다는 생각을 했다. 이번 선거에서는 세 명의 교육위원을 뽑는 것이니, 유권자가 세 명까지 기표를 할 수 있다. 만일 아무 생각 없이 처음 세 후보를 투표용지에 나온 순서대로 찍는다면 나에게도 한 표가 돌아올 것이니까. 이제 누가 후보로 나선지도 알게 되었고 투표용지의 이름 순서도 정해졌으니 선거 당일인 4월 7일까지 본격적인 선거운동 기간이 시작된 셈이다. 그러고 보니 선거는 참으로 공평한 게임이란 생각이 들었다. 선거일까지 같은 시간이 모든 후보에게 주어졌으며, 어느 후보가 미리 내정되어 있는 것도 아니고, 그저 누가 유권자의 마음을 얻어 표를 많이 모으느냐가 당락을 좌우하니 말이다.

후보가 되니 거쳐야 할 통과의례가 많았다. 세 번의 '후보의 밤Candidate Night'을 통해 후보들의 출마의 변과 정견을 유권자들에게 발표할 기회가 주어졌다. 학교 선생님들과의 만남은 준비된 질문 없이 바로 질문하고 답변하는 형식으로 진행되었고, 일반 유권자들과의 만남은 며칠 전에 미리 알려 준 질문 내용에 답변하는 형식으로 한 시간 반 동안 진행되었다. 후보들의 발표는 대부분 원론적인 내용에서 크게 벗어남이 없었다. 상당히 치열하고 새로운 아이디어나 비전을 낼 것 같았으나 모든 후보들이 별 특이한 점 없이 비슷비슷한 정견 발표를 했다. 준비를 많이 했던 필자는 미리 준비한 자료를 인용하기도 하고 주요점을 짚어 가며, 별 어려움 없이 차분하게 답변을 했다. 공평을 기하기 위해 질문에는 후보들이 돌아가면서 답변했는데, 필자 차례가 먼저인 경우에는 필자가 한 대답을 다른 후보가 인용하는 경우가 여러 번 있었다. 필자의 차례가 나중인 경우에는 다른 후보의 발표를 경청해, 그 후보가 미처 말하지 않은 점을 강조하며 필자가 가진 다른 후보와의 차별성을 부각시키고, 학교를 더 발전시키기 위한 새로운 안목과 아이디어가 있음을 나타내 보였다. 언어 장벽의 부담이 있었지마는 세 번의 발표를 통해 필자가 다른 후보들보다 오히려 유권자들의 공감을 더 얻어 내었다는 것을 나중에 그 행사에 참석했던 사람들로부터 듣게 되었다. 유창한 화술보다는 진정성 있는 말이 훨씬 효과적임을 알게 되면서 점점 선거에 대한 자신감을 얻게 되었다. 일곱 명의 후보 중에 두 후보는 눈에 띄게 본인이 특히 관심 있는 분야를 강조했다. 한 후보는 최근 던랩 학군에 학생 수가 많아지고 학교가 커지는 것이 걱정된다면서, 자기는 가족적이며 작은 규모의 학교 문화를 지향한다고 주장했다. 다른 한 후보는 자신이 장애아를 키우고 있는 부모라고 밝혔고, 그래서 장애 아동을 위한 특수 교육special education을 특별히 강조한다고 했다. 결국 두 후보 모두 낙선했는데, 학군 전체의 이익을 대변하기보다는 개인의 특정한 관심사를 관철시키기 위한 출마는 폭넓은 유권자의 지지를 받지 못했기 때문이다. 후보의 직업을 보면 소방관, 마케팅 담당 슈퍼바이저, 인사 담당 매니저, 판매 담당 세일즈맨, 언어장애 치료사, 엔지니어링 매니저 등으로 다양했다. 공교롭게도 모두 40대 중반에서 50대 초의 남자들이었다.

피오리아 군청county office에서 지난 몇 년간 교육위원회 선거 결과를 찾아보니 보통 새로운 후보가 처음 나선 경우 한 번에 당선된 경우가 드물었다. 그런데다 교육위원회 경험이 있는 현직 교육위원 세 명과 전직 교육위원 한 명이 재선 또는 삼선을 노리고 나섰으니 필자의 당선 가능성은 적어 보였다. 그렇다고 다른 후보들처럼 이 지역에서 태어나 자라고 학교를 다닌 지역 토박이도 아니기에 인지도가 낮은 필자에게 선거운동이 쉽지는 않겠다는 생각이 들었다. 하지만 일말의 가능성은 있어 보였다. 일반적으로 지방선거는 큰 이슈가 없으면 투표율이 20퍼센트 미만으로 매우 낮다는 것이 필자에게는 기회로 생각이 되었다. 물론 기존의 교육위원들을 지지하는 고정표가 있을 것이다. 하지만 특정 후보를 지지하지 않는 훨씬 더 많은 사람들에게 학교 교육위원회의 중요성과 필자의 교육에 대한 열정을 알리면, 필자를 위해 투표장에 가는 수고를 마다하지 않고 필자에게 투표해 줄 수 있는 새로운 지지자들을 얼마든지 만날 수 있을 것 같았다. 1만 3,000여 명의 학군 내에 등록된 유권자 중에 10퍼센트 정도의 표만 얻으면 충분히 당선권에 들 수 있다는 계산을 하고, 그에 따른 구체적인 선거 전략을 세우기 시작했다.

본격적인 선거운동을 시작함에 있어 우선 필자의 이름을 많은 사람들에게 알려야 했다. 이 지역에 10년 넘게 살았어도 회사의 동료, 교회의 성도들, 이웃들, 우리 아이들의 친구의 부모들, 모두 합해 봐도 학군 내에 거주하는 유권자로 제한하면 그 수는 더 적어서 얼마되지 않았다. 일단 길가에 설치할 표지판이 있어야 했다. 4월의 지방 선거는 여러 선거를 통합해 선거를 함께 치른다. 시장이나 시 의회 선거에 출마한 후보들의 표지판들이 길가에 이미 설치되기 시작했다. 설치된 표지판을 주의 깊게 보면서 여러 디자인과 색깔 중 던랩 고등학교 색깔의 하나인 진한 고동색을 바탕색으로 고르고 흰색 글씨로 "Paul Park Dunlap School Board" 이렇게 다섯 자를 세 줄에 나누어 넣었다. 크기를 선택할 때는 보통보다 한 사이즈 큰 것으로 했더니 교육위원에 출마한 다른 후보들의 표지판들보다 커서 눈에도 잘 띄고, 디자인이 심플한 데다 색도 흔히 쓰이는 파랑이나 빨강이 아닌 고동색이라 중후한 면이 단연 돋보였다. 표지판은 다른 후보들보다 먼저 선거일 약 7주 전에 차들이 많이 다니는 교차로나 주택가 입구, 사람들이 많이 들르는 상가나 주유소 주변에 세우기 시작했다. 표지판을 세울 때는 원칙적으로는 개인 소유지에만 세워야 하고 그 소유자의 허락을 받고 설치할 수 있다. 하지만 선거일이 가까워 올수록 표지판은 눈에 잘 띄는 곳이면 아무 데나 세워졌다. 필자가 가장 먼저 표지판을 세우니 바로 다른 후보들도 표지판을 세우기 시작했는데 시간이 갈수록 각 후보들이 세우는 표지판의 수가 경쟁적으로 늘어 갔다. 누가 어디에 하나를 세우면 그 옆에 세우는 식으로 후보 간에 표지판 세우기 경쟁이 치열해졌고, 험한 날씨에 표지판이 훼손되기도 해 표지판이 처음 계획했던 것보다 더 필요하게 되었다. 미리 충분한 물량을 할인 가격에 주문하지 않은 것을 후회하면서 정치적으로 그렇게 비중이 높지 않고 보수가 없는 봉사직인 학교 교육위원 선거도 선거운동 경쟁에서 밀리지 않으려면 어느 정도의 선거 자금이 필요하구나 하는 생각을 했다.

선거일이 점점 다가오자 선거운동에도 속도를 붙여 갔다. 학부모들에게 이메일을 보내고, 전화를 하기도 하고, 소개서를 가거나 헬스클럽 등에 놓아두기도 하는 등 할 수 있는 여러 방법을 동원했다. 그런데 가장 효과적인 선거운동은 사실 가장 재래적인 방법으로 집집마다 돌아다니면서 주민들을 직접 만나 간단한 자기소개를 하고, 집에

교육위원 선거 기간 동안 길거리에 설치된 교육위원 후보 사인들. 'Paul Park'이라고 쓰인 갈색 사인이 필자의 것이다.

서 프린터로 인쇄한 본인의 소개서를 전달하는 것이었다. 가끔 접하는 뉴스에서 이길 것 같지 않았던 후보가 예상외로 선전을 해 당선된 사례를 보면 대부분 발품을 많이 판 후보들이었다. 실제로 직접 찾아가 보니 교육위원 선거에 대해 잘 모르는 사람들이 의외로 많았고 누가 어떤 사람이 후보로 출마했는지 전혀 모르는 경우가 대부분이었기에, 직접 찾아간 필자가 다른 후보들보다 좋은 인상을 주기에 유리했다. 일곱 명의 후보 중 세 명을 뽑는 이번 교육위원 선거에서 집집마다 돌아다녔던 세 명만이 당선된 것을 보면, 직접 집으로 찾아가는 것이 가장 강력한 선거운동임이 다시 한번 입증된 셈이었다. 몇 집이나 다녔는지는 셀 수는 없지만 그 많은 주거 지역을 아내와 나누어 미련하리만큼 돌아다녔다. 처음에는 과연 할 수 있을까 할 정도의 넓은 지역을 그야말로 신발이 닳도록 다녔다. 한번 시작을 하니 중간에 그만두거나 나태해질 수가 없었다. 이미 쏟아부은 돈과 노력 그리고 시간이 아까워서라도 선거일이 다가올수록 더 열심히 하게 되었다.

선거운동 기간 동안 생각지도 않던 일들이 일어나기 시작했다. 심신이 지쳐 힘든 고비 때마다 신기하리만큼 필자를 도와주겠다는 귀한 분들이 연락을 해 오는 것이었다. 많은 분들이 필자를 위해서 표지판을 설치하고, 소개서를 돌리고, 신문 광고비를 부담해 주며, 또 다른 사람들을 만나게끔 다리를 놓아 주기도 하는 등 미처 상상하지도 못했던 일이 벌어지기 시작한 것이었다. 우리 가족이 다니는 교회에서 알고 지내는 어느 부부는 필자가 꼭 당선되기를 바란다면서 자신이 사는 동네에 필자를 알리고 소개서를 대신 돌려 주겠다고 했다. 또 다른 분은 지역 광고지에 선거 광고를 내 주고 그 비용을 부담하고 싶다고 했다. 또 다른 교회 가족은 자기 아들이 보이스카우트인데 그 활동의 일환으로 자기네 동네에 필자를 홍보해 주고 소개서를 나누어 주겠다는 연락을 해 왔다. 그리고 평소 가깝게 지내던 지역 한인 가족들과 중국계 친구들이 필자의 출마가 마치 자신의 일인 것처럼 적극적으로 나서서 선거운동을 여러모로 도와주니 그 무엇보다 필자에게는 큰 힘이 되었다. 필자의 작은 용기로 시작된 교육위원 출마가, 많은 사람들의 도움과 격려로 이제는 개인의 차원을 넘어 어떤 지역사회와 공동체를 대표하는 후보로서의 의미가 담기기 시작했다. 정말 놀라운 일이 아닐 수 없었다. 많은 분들의 도움과 기대를 저버리지 않기 위해서라도 반드시 당선돼야 했다. 필자와 아내가 가가호호 방문하며 한 표라도 더 얻기 위해 노력을 다할 수 있었던 배짱과 열정은, 바로 여러 사람들의 도움에 의해 생겨나게 된 것이었다.

교육위원 선거 출마에서 당선까지 ❹

★

  필자가 수년 전부터 학교 교육위원에 관심을 갖고 출마를 결심하게
된 것은, 출마해서 이루어야 하는 여러 가지 목표들이 필자의 마음에
들어와서 이유로 자리를 잡았기 때문이었다. 공립학교 교육위원의 역
할은 우리의 미래를 짊어질 어린 학생들을 위한 일이다. 우리가 살면
서 사회로부터 받은 혜택을 다시 돌려줄 수 있다는 의미에서 지역사
회를 위해 봉사할 기회를 찾던 필자에게는, 교육위원회의 업무와 활
동이 시간과 열정을 바칠 만한 보람 있는 일이라고 생각했다. 그것이
출마의 첫 번째 이유였다.

  필자 또한 한국과 미국에서 교육을 받음으로서 성공적인 교육적 성
취를 위해서는 학생들에게 무엇을 얼마만큼 뒷받침해 주어야 한다는
것을 직접 체험한 경험이 있다. 그렇기에 학교 교육에 대한 새로운 시
각과 정책을 학교에 도입해 우리 아이들이 다니는 학교의 여러 시스
템을 개선시키고, 글로벌 시대에 맞는 높은 학교 경쟁력을 갖추어 주

는 데 필자가 일조를 할 수 있을 것이라는 생각이 출마의 두 번째 이유였다.

그리고 최근 필자가 사는 지역에 타주他州나 외국으로부터 많은 가족들이 이주해 옴에 따라 학생과 학부모들의 학교 교육에 대한 관심이 그 어느 때보다 높아지고 기대 수준이 여러모로 다양화되어 왔다. 하지만 학교의 기본 시스템은 그 새로운 동향과 학부모들의 다양한 요구 사항을 제대로 수용하지 못하고 있었다. 사정이 그러한데 특히 외국에서 이주한 가족들은 대부분 투표권이 없어 지역사회에 대한 정치적 목소리를 제대로 반영할 수 없는 실정이었다. 그런 상황을 보면서, 필자가 이 지역에서 최초의 소수계 교육위원이 되어 여러 나라에서 이주해 온 이민 가정의 관심과 이익을 대변해야겠다는 사명감을 갖게 된 것이 세 번째 이유였다. 그리고 출마한 일곱 명의 후보 중 세 명에게까지 투표하는 투표 방식이, 소수계를 대표할 수 있는 필자에게 오히려 유리하게 작용할 수도 있을 것이라고 기대했다. 유권자들에게 필자가 반드시 가장 인기 있는 후보일 필요는 없었다. 한 유권자가 세 명까지 투표하므로, 필자가 많은 유권자들에게 두 번째 또는 세 번째 후보로 선택받는다면 오히려 다른 후보보다 더 많은 표를 얻을 수도 있다고 나름대로 투표 성향에 대해 분석해 보기도 했다.

그리고 또 다른 한 가지 중요한 출마의 이유가 있다. 필자가 교육위원으로 학교 일에 적극적으로 참여하면 학교에 다니고 있는 우리 아

필자의 자동차에도 부착한 교육위원 선거 홍보용 사인.

이들에게 학교생활을 더 성실하게 하게 해 주고, 자신감을 고취시키며, 한국인이라는 자긍심을 심어 주는 데 효과적이지 않을까 하는 기대도 있었던 것이다. 대부분 이 지역 출신의 백인 중심으로 이루어진 학교와 지역사회에 대해, 아버지로서의 관심과 참여, 그리고 동양인도 지역사회에 기여할 수 있다는 것을 능력으로 보여 주고 싶었다. 그런 필자의 도전하는 모습을 통해 우리 아이들이나 다른 소수계 학생들이 자신의 정체성에 대해 자신감을 가지고, 보다 도전적 일을 추구하는 데 조금이나마 밑거름의 역할을 할 수도 있을 것이라도 생각했다. 이들에게 좋은 본보기가 될 수도 있다는 사실이 출마를 결정하는 데 큰 힘이 되었고 다른 한편으로는 낙선에 대한 심적인 부담이 생기기도 했다.

　선거일인 4월 7일 전까지 직장에서 퇴근한 후와 주말에 틈틈이 선거운동을 했다. 아내와 많은 분들의 도움과 지지에 힘입어 집집마다 방문해 지지를 요청하고, 편지와 이메일 그리고 지역 광고지에까지 모든 가능한 방법으로 필자를 알리는 데 많은 시간과 노력을 쏟아부었다. 선거일은 화요일이었는데 그 전 일요일까지 모든 선거운동을 마쳤다. 나중에는 일일이 집집마다 돌아다니기에는 시간이 없어 먼 지역에는 소개서를 우편으로 보내기도 하고, 플라스틱 봉투에 넣어 우편함에 넣어 두거나 문고리에 걸어 놓기도 했다. 선거일이 다가올수록 다행히도 당선에 대한 자신감이 점점 생기기 시작했다. 필자가 다른 후보보다 선거운동을 더 열심히 했다는 것을 간접적으로나마 느끼게 되었고 그 수고의 열매가 조금씩 보이기 시작했다. 필자가 유권자들을 방문했을 때 필자에 대해 이미 알고 있는 경우가 많아지는 것을 보았다. 첫 출마이지만 지역사회에서 어느 정도의 인지도가 형성이 되어 가고 있는 것을 선거일이 다가올수록 확인할 수 있었다.

　계획했던 선거운동을 모두 마친 뒤, 선거 당일 밤. 개표 결과를 초초하게 기다리고 있었다. 처음 개표한 선거구부터 앞서 나가기 시작해 압도적인 표 차이로 당선을 확정하는 순간, 그때 느낀 그 환희와 전율은 어떻게 글로 표현할 수가 없을 것 같다. 4개월 동안의 노력을 통해 필자가 생각해도 믿을 수 없는 결과가 나온 것이다. 역대 최다

득표, 차점자와 최다 표 차이, 최초 아시아인 당선 등등. 처음 출마에 지역 기반도 다른 후보자들에 비해 떨어지고 필자만이 유일한 소수계 후보였는데, 유권자들의 마음을 필자가 어떻게 그 짧은 기간에 움직일 수 있었을까? 필자의 힘과 노력만으로는 어림도 없는 놀라운 결과가 나온 것이다. 돌아보면 어떤 일이든 처음 마음먹고 시작하는 것이 어렵다. 하지만 진정성과 열정을 가지고 꾸준히 노력하다 보면 상상도 못 했던 여러 작은 기적들이 일어나고 결국에는 생각했던 것보다 더 좋은 결과를 얻게 되었다. 이번 교육위원 선거는 그 삶의 교훈을 체험하는 귀중한 경험이었다.

박포원의

미국 학교
이야기

★

나 한국 갈래요

★

연말연시가 되면 새해에 대한 기대와 설렘과 함께 한편으론 어떤 그리움에 대한 아쉬움도 함께 느끼곤 한다. 해마다 느끼는 이러한 감정의 반복은 어디서 오는 것일까 생각해 보았다. 고향을 떠나 있는데 고향을 갈 수 없는 데서 오는 향수가 그러한 감정의 한 부분인 것을 발견한다. 누구나 그들이 이루고자 하는 삶의 목표를 성취하기 위해 고향을 떠나 살게 되지만, 마음만은 언제나 고향을 향해 있고 언젠가는 돌아갈 수 있을 것이라는 희망을 갖고 살아가고 있을 것이다. 그런데 사람들이 고향을 찾고 그리워하는 것은, 그 고향이란 곳에는 자신이 태어나고 자라면서 보낸 시절에 대한 좋은 추억들이 담겨져 있기 때문에, 그래서 그곳으로 돌아가고자 하는 것이 아니겠는가?

그런데 한국에서 태어나지도 자라지도 않아 어릴 적 추억이 있을 리 없는 우리 큰아이가 한국에서 대학을 다니고 싶다고, 또 나중에

시카고국제공항 터미널의 대한항공 부스. 여기만 오면 모처럼 고국을 방문한다는 실감이 나며 마음이 설렌다.

직장 생활도 하고 싶다고 말할 때가 종종 있다. 처음에는 농담으로 무심히 흘려듣곤 했다. 그런데 그런 말을 자주하는 것으로 보아 진정으로 어떤 생각을 가지고 있다는 것을 알게 되었고, 내심 놀라지 않을 수 없었다. 한편으론 괜한 걱정이 앞서서 알아보면 아이는 학교생활은 문제없이 잘 하고 있으며, 좋은 친구들과 함께 공부하거나 어울리기에, 필자의 걱정은 기우에 지나지 않았다. 그러나 아이가 어떻게 해서 한국에서 살고 싶다고 하는 건지, 어디에서부터 그런 생각을 하게 됐는지 곰곰이 생각해 보게 된다.

지난해 신문 기사를 찾아보니 미국에 거주하는 한인 학생을 대상으로 한 한국 유수 대학 입학 설명회가 뉴저지, 시카고, LA 등에서 한인 학생과 학부모의 많은 관심 속에 성황리에 열렸다 한다. 최근 들어 한국의 국제적인 위상이 경제 규모의 성장과 함께 높아지고 한국 기업들이 세계로 진출함에 따라, 해외의 많은 한인 학생들의 한국에 대한 관심이 높아졌다. 그렇기에 한국의 대학들도 이들에게 학교를 홍보하러 미국까지 오는가 보다. 하기야 아이들이 흔히 접하는 휴대폰이나 냉장고, TV, 이제는 자동차까지 한국 기업의 제품들이 미국 시장을 주도하고 있으니, 한인 학생들에게 한국에 대한 이미지가 긍정적으로 심어지고 있는 것이다. 필자가 근무하고 있는 캐터필러Caterpillar사도 작년에 한국의 한 부품 회사를 인수하는 등 한국 시장에 더욱 적극적으로 진출하기 위해 부단한 노력을 해 오고 있다. 이 같은 업무를 지원하기 위해 유능한 한인 사원들을 한국 지사로 파견하기도 한다. 이렇게 세계적인 글로벌 기업들이 늘어난 한국의 내수 시장에 관심이 높아 한국 진출을 추진하고 있다. 이 같은 추세에 따라 해외의 한인 학생들의 한국 대학 입학이나 한국 기업 취업에 대한 관심도가 높아지는 것은 낭연한 현상이라고 할 수 있다.

우리 큰아이는 이제 고등학교 11학년으로, 올해 가을에는 가고 싶은 대학을 정하고 지원할 준비를 해야 한다. 평소 아이가 이야기하는 것으로 보아 한인 친구들을 많이 만날 수 있고 한국 대학들과 자매결연의 유대 관계가 잘 맺어져 있는 대학들을 선호하는가 보다. 한국 대학도 이제는 영어 강의가 많아져 영어권 학생들이 수강하기에 어려움이 없고, 한국 대학에서 이수한 학점도 그대로 인정된다 한다. 한국에 한 학기나 1년 정도 교환학생으로 갈 기회를 제공해 줄 수 있는 대학을 주로 찾아보려 한다. 한국을 잘 모르는 아이에게 고국 체험으로써 한국에서 대학을 잠시나마 직접 다녀 보는 것이 한국을 좀 더 깊이 알고 이해하는 데 너무나 좋은 경험이 될 수 있을 것이다. 미국으로 조기 유학 나온 학생뿐 아니라 미국에서 나고 자란 한인 2세 학생들도 한국 대학에 대한 관심이 높아졌다. 최근 미국 한인 사회에서 자녀들을 오히려 한국으로 유학을 보내는 소위 '역유학逆留學'도 늘고 있다고 하는데 꿈이 있는 젊은이들에게 한국에서나 미국에서나 배우고 일할 기회가 많아진다는 것은 여러모로 바람직한 일이 아닐 수 없다.

★
취업의 조건 ❶
★

　요즈음 미국 경기 불황이 장기화 조짐을 보이는 가운데, 취업 시장은 지난 강추위만큼이나 얼어붙어 있어 좀처럼 풀어질 기미機微가 보이지 않고 있다. 특히 지금 취업 준비에 한창이어야 할 고등학교나 대학 졸업반 학생들이 보내고 있을 답답하고 힘든 시간을 생각해 보면, 안타까운 마음이 앞선다. 모든 이수해야 할 교육과정을 마치고 희망과 설렘 속에 원서를 보냈는데 아무 소식이 없거나 거절의 연락을 받을 때 느끼는 실망감과 좌절감은 필자도 경험해 보았기에 그 아픔을 충분히 공감할 수 있다. 필자가 일하고 있는 회사는 1년 전 대량 해고 이후에 신규 채용을 전혀 하지 않고 있어, 모든 부서들의 업무 부담은 과중하게 늘었는데 일손은 턱도 없이 모자라 업무 진행에 어려움이 많은 실정이다. 거기다 올해는 작년보다 더한 봉급 삭감이 예정되어 있기에, 직장이 있는 사람이나 직장을 구하고 있는 사람이나 모두 힘든 지금의 경제 상황이 언제 개선될 수 있을지 막막하기만 하다. 거기다 경제 전문가들은 경기가 기대만큼 그렇게 빨리 회복되지는 않을 것이며 취업 시장은 더 느리게 회복될 것으로 예상하고 있다는 보고가 있다. 경기가 종전처럼 회복되려면 앞으로 몇 년이 더 걸릴지는 모르지만, 어서 그렇게 되길 바랄 뿐이다.

경기가 괜찮았던 몇 년 전 필자는 회사의 리쿠르터recruiter로서 활발하게 활동했었다. 당시에 새로 생긴 부서의 인원 채용을 맡아 많은 인원을 선발해야 했다. 회사 내외에 채용공고를 내고 채용 전문가와 함께 스카우트할 인재를 찾기도 했다. 또한 회사 인력부가 체계적으로 조직하고 지원하는 대학 컴퍼스 리쿠르트 팀에 참가해 필자가 공부했던 미시간주립대학에서 졸업 예정자들에게 우리 회사를 소개하고, 지원을 원하는 학생들을 선발하기 위한 면접을 하기도 했다. 회사에서 제공하는 면접관에 관한 교육을 받고 실제로 인력 충원을 위해 많은 이력서 검토와 지원자 면접을 하다 보니, 회사가 원하는 유능한 지원자를 가려낼 수 있는 선택 기준을 이해하게 되었다.

새로운 직원, 특히 대학을 갓 졸업한 신규 사원을 뽑을 때는 경력자를 뽑을 때와는 다르게 몇 가지 참고해야 하는 중요한 사항이 있다. 먼저 서류 심사에서 학점이 너무 낮은 지원자는 쉽게 제외된다. 단순히 출신 대학과 학점의 높고 낮음이 입사 원서 심사에 결정적인 척도는 결코 아니지만, 평균 학점GPA이 B 학점 이하가 되면 학교생활을 충실히 했다고는 볼 수 없기에 서류 전형에서 절대적으로 불리하다. 특히 대학 학위를 가진 사원을 뽑을 때는 그 전공에 대한 지식이 필요하기 때문인데, 학교 성적이 부실하면 전공에 대한 지식의 깊이와 지원자의 성실성에 대한 인식이 좋을 수가 없다. 일단 전공이 맞고 학점이 최소 기준을 만족시키면, 그다음으로 중요하게 보는 것이 다양한 경험이다. 학교생활 이외의 사회생활의 경험, 어떤 회사에서의 여름 인턴이나 자선단체를 위한 자원봉사 또는 풀타임이나 파트타임 등의 일한 경력을 자세히 검토하게 된다. 회사에서는 사원을 뽑을 때 최소한의 훈련 기간을 거쳐 본 프로젝트에 투입해 제 실력을 조기에 발휘할 수 있는 사원을 원한다. 그렇기에 학교에서 배우는 교과서적인 지식 이외에도 실제 실무 경험을 상당히 높게 평가한다. 이러한 경험과 경력의 유무에 따라 회사 생활을 시작할 때 가장 중요한 초봉初俸이 결정되는 것이다. 그렇기에 졸업을 하기 전에 어느 정도 경험을 쌓는 것이 매우 중요하다. 또한 중요한 것은 소통communication과 협동teamwork의 능력이다. '무엇을 얼마만큼 알고 있고 할 수 있는지'와, '그 지식과 정보를 어떻게 효과적으로 다른 사람에게 전달하고 나누느냐'는 별개의 능력으로 본다. 회사의 일은 보통 한 사람의 능력으로 감당하기에는 업무량이 너무 많고 다양한 전문성이 요구되는 프로젝트가 대부분이다. 여러 다양한 경력을 가진 사람들이 모여서 업무를 나누어 감당하며 함께 일하고 다양한 아이디어를 공유할 때 일이 효과적으로 진행되기에 원활한 소통 능력과 협동심이 중요시된다.

경기 침체로 인해 학생들이 감당할 수 있는 파트타임 일이나 인턴의 기회도 많이 줄었다. 하지만 위기危機란 단어에는 기회機會란 뜻도 함께 포함되어 있듯이, 이 어려운 시기에 자기만이 가질 수 있는 장점을 최대한 살려 슬기롭게 극복하기를 기원해 본다. 기회란 누구에게나 스치듯 올 수는 있지만 미리 준비를 한 사람만이 그 기회를 놓치지 않고 진정 자기 것으로 만들 수 있다. 지금 어렵고 힘들더라도, 꾸준히 준비해 기회의 문을 두드리다 보면 언젠가는 원하는 좋은 결과를 얻을 수 있다는 희망과 용기를 가지고 생활해 나가기를 바라는 마음이다.

취업의 조건 ❷

★

    아무리 작은 일이라도 그 일을 도맡아 할 사람을 고용할 때는 반드시 면접을 거쳐 최종 결정을 하게 된다. 같은 일이라도 하는 사람의 능력에 따라 결과는 천차만별千差萬別로 다르게 나타나고, 또한 한번 고용이 되면 앞으로 계속 함께 일할 사람이기에, 사원을 뽑을 때는 신중을 기하게 된다. 먼저 서류 심사를 통해, 자격이 갖추어져 있는 지원자를—뽑아야 하는 인원보다 몇 배수 많게—초청해서 면접을 하게 된다. 그렇기에 면접에 초청을 받게 되었다고 거의 다 된 것이 아니라 이제 정말 다른 지원자들과 그 일자리를 놓고 진정한 취업 경쟁을 벌여야 하는 것이다.

    얼마 전 학교에서 일할 교사, 간호사와 식당 매니저 등의 채용 공고가 나갔는데 해당 모집 분야에 각각 무려 열 명이 넘는 지원자들이 지원을 했다. 학교에서 일하는 것이 여러 면에서 선호도가 높을 수는 있겠으나, 지원자의 수가 생각보다 너무 많은 것이 그만큼 심한 불경기를 반영하는 것 같아 안타까운 생각도 들었다. 자격 조건을 갖춘 지원자가 많을 경우에는 면접을 보게 되는 지원자의 숫자도 자연적으로 많아지기에 면접이 당락을 결정하는 데 결정적인 역할을 하게 된다. 이력서와 서류상으로는 나무랄 데 없이 훌륭한 지원자가 준비를 제대로 하지 않고 면접을 보러 온 경우가 종종 있다. 그런 경우에는 본인이 아무리 좋은 조건과 경력을 갖추고 있어도 믿음직한 인상을 면접관에게 심어 주지 못하기 때문에 잡을 수도 있었던 취업의 기회를 놓치는 경우가 생기기도 한다.

특히 고등학교 재학생이나 졸업생들은 경력이 학교생활이나 과외활동으로 제한되기에, 더욱 면접 준비를 잘해 가야 타 지원자들과 다른 면을 부각시키고 자신을 차별화할 수 있다. 면접 준비를 하면서 기본적으로 갖추어야 할 사항들이 있다. 자신이 누구인지 잘 나타낼 수 있어야 하고, 자신이 뭘 하려고 하며 왜 이 일자리에 관심이 있는지, 이 일을 통해 무엇을 얻고 성취하려 하는지, 그다음 목표는 무엇인지 등등에 관한 생각을 면접 전에 미리 명확하게 정리해 놓을 필요가 있다.

보통 면접을 시작할 때는 긴장감을 없애고 분위기를 부드럽게 만들기 위해 면접관이 자기소개부터 시작을 하고, 가벼운 일상에 관한 질문이나 지원자가 지원한 직책과 일할 부서에 대한 설명을 해 주게 된다. 본격적으로 면접이 시작되면 면접관은 메모할 준비를 하며 여러 질문들을 하는데 면접관이 흔히 물어보는 것은 대개 정답이 없는 추상적인 질문일 경우가 많다. 하지만 지원자의 대답으로부터 지원자의 과거의 경력, 지금의 생각, 앞으로의 계획 등에 대해 듣기를 기대하기 때문에 간결하면서도 현실적이고 핵심이 있는 대답을 해 주어야 한다. 흔히 면접관이 하는 질문 중에는 "가장 좋아하는 과목은 무엇이고 그 이유는 무엇인가?", 아니면 반대로 "가장 싫어하는 과목은 무엇이고 그 이유는 무엇인가?", "학교생활 중에서 가장 자랑스럽게 성취한 것을 설명해 보라.", "가장 좋아하는 일과 가장 싫어하는 일에 대해 이야기해 보라.", "살면서 본인이 내린 결정 중에 잘한 결정과 후회되는 결정은 어떤 것인가?", "가장 어려웠던 일은 무엇이었고 어떻게 그 어려움을 헤쳐 나갔나?" 이러한 질문들은 평범한 것 같지만 미리 생각해 놓지 않으면 짧은 시간 안에 대답하기가 매우 어렵다.

한인들이 한국적인 문화와 사고로 인해 면접에서 흔히 놓치는 부분들이 있다. 먼저 질문자의 눈을 바로 보면서 이야기를 해야 하는데, 습관적으로 눈을 자주 다른 데로 돌리고 눈을 마주치지 않은 채로 대화를 하면 말의 신빙성이 떨어지고 태도가 불량하다는 오해를 받을 수가 있다. 면접 시 너무 긴장하거나 지나치게 겸손한 태도를 보이는 것도 자신감이 없다는 인상을 주기 쉬우므로 주의해야 할 점이다.

면접에서 허위 진술을 하거나 자신을 과대 포장하는 것은 금물이지만, 스스로에 대한 믿음을 가지고 진술하게 자신을 알리는 것은 매우 중요하다. 혹시 질문의 뜻을 이해하지 못했을 경우에는 당황하지 말고 질문의 내용을 다시 확인한 뒤 침착하게 대답을 하는 것이 순조로운 면접을 할 수 있는 하나의 방편이다. 질문의 답을 모를 경우에는 솔직하게 모른다고 말하는 것이 질문의 요지에 벗어나는 말을 하는 것보다 훨씬 바람직하다. 그리고 말을 끝맺을 때는 얼버무리지 말고 분명하게 마무리하고, 혹시 말을 하다가 잘못 답변했다 싶으면 실수를 인정하고 다시 정정해서 대답을 하면 아무런 문제가 안 된다.

면접관들은 면접의 공정성을 기하기 위해 모든 지원자들에게 비슷한 질문을 하고, 지원자가 대답하는 것만을 듣고 판단한다. 그렇기 때문에 면접을 보러 갈 때는 자신이 그 자리에 꼭 맞는 최고의 지원자라는 생각으로 자신감을 가지고, 하고 싶은 이야기를 통해 당당하게 자신을 표현한다면 성공한 면접이 될 것이다.

★
교원평가제

★

한국에서는 2011년부터 교원평가제를 실시해 우수 교사와 부적격 교사를 가려내어 그에 따른 적절한 대우를 해 준다는 방침을 세웠다고 한다. 교원평가에서 부적격 교사로 판정되면 교단에 서지 못하고 강제 연수를 받아야 하는 반면, 우수 교사로 선발된 교사는 연구를 위한 안식년을 주는 혁신적인 인센티브를 제공한다는 방침이라 한다. 현재 미국을 포함해 세계적으로 추진되고 있는 교단 혁명의 바람이 한국에도 시삭되려는가 보다. 한국에서처럼 정부 주도는 아니지만 미국에서는 학군별로 교원평가제를 자체적으로 실시하고 있다. 교사는 교장이, 교장은 교육감이, 교육감은 해당 학군 학교 교육위원회가 각각 평가를 한다. 학교 교육위원회가 지역사회를 대표하기에 사실상 지역사회가 교원평가에 직접 참여하는 제도적인 장치가 마련되어 있는 셈이다. 그런데 처음 고용되는 초임 교사에게는 업무 평가제가 상대적으로 엄격하게 적용되지만, 몇 년의 자질 검증을 위한 근무 경력을 마친 후 정교사로 임용이 되고 나면 큰 잘못을 하지 않는 한 정년이 보장되며, 업무 평가의 결과가 승진이나 보수에 큰 영향을 못 미치는 실정이다. 미국도 교사 노조가 자동차 노조 못지않게 강성이고 치밀하게 조직되어 있어 학교나 교육위원회에서 교사의 인사나 보수를 함부로 조정할 수가 없다. 해마다 정해 놓고 오르는 교사들의 급여는 성과급이 아닌 교사 노조와 학교 교육위원회 간에 합의가 되어 있는 계약 조건에 따르게 된다. 부적격 교사의 판정과 해임에 대한 절차는 매우 까다롭게 규정되어 있어 기대에 못 미치는 교사의 퇴출은 사실상 불가능하다. 그렇기에 교사의 자질을 검증하고 향상시키는 가장 효과적인 방법은 학교의 교육 활동에 대한 학부모들의 꾸준한 관심과 기대 수준을 적절한 경로를 통해 교사와 학교 측에 표현하는 것이다.

우리 아이가 다니는 학교에도 학생 및 학부모들에게 평가가 썩 좋지 않은 교사가 있다.

그 교사가 맡은 과목은 다른 과목보다 좀 더 높은 이해력과 사고력을 요구하는 과목이기에, 효과적으로 잘 가르친다 하더라도 학생들이 제대로 이해하고 따라오기가 쉽지가 않다. 그렇기에 학생들에게 인기가 없는 과목 중의 하나인데, 그 과목을 맡은 교사가 자기만의 독특한 수업 방법을 고수하며 수업을 진행하기 때문에 대부분의 학생들이 내용을 제대로 이해하지 못하고, 수업을 따라가는 데 어려움을 겪는다. 당연히 학생들과 학부모들에게 인기가 있을 리 없고 더 나아가 그 과목의 수강을 꺼리게 된다.

   몇 년 전부터 많은 학부모들이 그러한 수업 방식에 대해 의문을 제기하고 해당 교사 또는 교장과의 면담을 통해 문제를 개선하려는 노력을 해 왔지만, 오랜 세월을 통해 습관 들여진 수업 방식이 하루아침에 바뀌지는 못할 것이다. 필자도 그 과목을 먼저 들은 아이들의 부모인 이웃들에게 사정이 어떻다는 것을 들어 알고 있었다. 우리 아이도 그 과목을 수강했다. 역시 들던 대로의 같은 수업 방식으로 가르치니 과목을 듣는 학생 모두 어려워하고 뭘 배웠는지 헛갈려하고, 무엇보다 중요한 것은 그 과목에 대한 흥미를 잃어버린다는 것이다. 필자 역시 다른 부모와 마찬가지로 교사와의 학부모 상담Parent-Teacher Conference 시간을 통해 가급적이면 학생에게 맞는 수업 방식으로 수업을 진행했으면 한다는 의견 개진을 했다. 그러고는 교장과도 의논을 하고 교육위원회 회의를 통해 의견을 나누기도 하는 등, 개선을 위한 요청을 여러 방면을 통해 학교 측에 전달했으며 할 수 있는 노력을 다 했다.

   어느 과목을 가르치는 교사이든 좋은 수업을 하기 위한 노력을 해야 한다. 좋은 수업의 조건으로는 '학습 목표를 제시하는 수업', '호기심과 동기 유발이 되는 수업', '학생의 눈높이에 맞는 수업', '원리와 개념을 잘 설명해 주는 수업', '수업 방법이 학습 내용에 맞는 수업', '학습하는 방법을 가르치는 수업', '사고의 순서나 방법론을 제시해 주는 수업' 등을 생각해 볼 수 있다.

　학교에서는 교사나 시설 등의 적절한 확보를 위해 수강 신청을 미리 받는다. 올 8월에 시작하는 다음 학년도에 대한 수강 신청을 받는 학교들이 많을 것이다. 수강 신청 시 과목 선택의 기준은 이수해야 할 필수 과목, 과목의 난이도, 학생의 관심 분야 이외에도 어떤 교사가 어떠한 방법으로 수업을 진행하는지, 교사의 평판은 어떤지 등이 있다. 그러므로 그 과목을 들은 학생이나 학부모에게 문의해 본 후 과목을 선택하는 것도 현명한 방법일 것이다.

★
교육행정가
★

학교 교육위원으로서 학교 관계자들과 자주 만나며 가까이에서 함께 일을 하다 보니 자연스럽게 그들의 직업상의 이력履歷과 업무에 관심을 갖게 된다. 교사직과 함께 교육행정가직은 다른 직업에 비해 안정성이 보장되며 혜택과 업무 강도 등을 고려할 때 가장 좋은 직업 중의 하나로 평가된다.

아무리 경기가 나쁘더라도 학교에 다녀야 할 학생들의 수는 인구 증가에 따라 자연히 증가할 것이고, 학생들을 가르칠 학교 시설과 교사는 계속 필요할 것이다. 이에 따라 그들을 관리 감독할 교육행정가(교감, 교장, 교육감 등)에 대한 수요가 많아질 수밖에 없을 것이니, 교육행정가의 직업 전망은 앞으로 더욱 밝다고 하겠다. 미 교육부도 다음 10년간 초중등학교 취학 아동의 수가 5~7퍼센트 증가할 것이라고 예측하고 있어 교육행정가의 고용은 전체 직업의 평균 고용 증가보다 더 빠르게 증가할 것으로 전망되고 있다 한다. 초, 중, 고등학교는 지역사회에 반드시 있어야 하기에 기업에서 흔히 하듯 비용이 저렴한 다른 곳으로 업무가 옮겨 갈 수도 없다. 또한 다른 전문 직종과는 달리 타주他州나 외국에서 우수한 인재를 스카우트해서 고용하기도 쉽지 않을 터이니 실로 안정성이 보장된 직업이라 할 수 있겠다.

학교와 같이 규모가 크고 다양한 구성원의 복합체인 교육기관을 원활하고 효과적으로 운영하기 위해서는 유능한 전문 교육행정가들이 절대적으로 필요하다. 교육행정가란 학교 등 교육기관에서 교육 활동을 지도, 감독 및 관리 업무를 하는 교감, 교장 또는 교육감 등을 말한다. 학교의 운영을 위해서 학생들을 직접 가르치는 교사들뿐 아니라 스쿨버스 운전사, 학교 식당 요리사, 학교 건물 관리인 등 다양한 직종의 교직원들의 인사와 평가를 해야 한다. 또한 교육과정 관리, 학교 건물 및 체육 시설물의 관리, 학교의 재정, 지역 주민들과의 소통 등의 책임까지 맡고 있어 그 업무의 폭과 양은 상당히 넓고 많다.

대부분 교육행정가는 처음에는 교사부터 경력을 시작한다. 교육기관의 관리자가 되기 위해서는 최소 2년간 교육 일선에서 교사로서의 경험을 쌓은 뒤 교육행정학 석사 학위Master of Education in Educational Administration와 해당 주州에서 인정하는 자격증을 취득해야 한다. 일리노이주는 '유형 75 행정 인증Type 75 Administration Certification' 취득이 필수 요건이다. 학교 사회에서는 학력과 근무 경력이 바로 보수와 직급을 산정算定하는 직접적인 척도이기에 일관성 있는 경력 관리가 매우 중요하다. 교육행정가로서의 첫발은 보통 교감assistant principal에서부터 시작하는데, 규모가 큰 학군인 경우에는 교육과정 담당자curriculum director나 상담교사counselor부터 시작하는 경우도 있다. 교감은 전반적인 학교 행정 업무 중 주로 학생들을 위한 학사 업무와 훈육 및 징계 업무를 담당한다. 보통 교감을 거쳐 교장principal, 부교육감 assistant superintendent, 그리고 교육감superintendent 순으로 승진하는 것이 교육행정가의 일반적인 경력이 되는데, 여러 다른 학군의 초, 중, 고등학교를 오가며 여러 직책을 거치는 다양한 경력을 쌓기도 한다.

현재 미국에서 20만 명이 넘는 교육행정가들이 초, 중, 고등학교에서 종사하고 있다 한다. 교육행정가의 임금은 지위나 경력에 따라 결정되는데 학교나 학군의 크기나 위치에 따라 차이가 나기도 한다. 일리노이주는 2009년부터 공립 학군의 교육행정가의 보수를 일반에게 공개하도록 법으로 규정해서 각 학군의 관리직 연봉을 쉽게 알아볼 수 있게 되었다. 던랩 학군의 경우에는 현재 교육감의 연봉은 18만 6,000불, 부교육감은 14만 2,000불, 고등학교 교장은 11만 5,000불, 초, 중학교 교장은 9만 5,000불의 연봉을 받으며 별도로 건강보험, 은퇴 후 연금 등 많은 혜택이 주어진다.

어린 학생들을 가르치는 일에 보람을 느끼고 학교 운영에 대한 열정과 현 교육 시스템을 개선해 보려는 포부가 있다면 지역사회에 직접적으로 영향을 줄 수 있는 교육행정가라는 직업에 도전해 보는 것도 의미 있는 일이라 생각된다.

★
자녀의 자아 정체성 확립의 과제
★

미국의 불황이 장기화됨에 따라 필자의 가정도 긴축재정을 시작했다. 불필요한 지출을 줄이고 또 무엇을 더 줄일까 생각하다 아이들 테니스 레슨을 줄이기로 했다. 그 대신 직접 아이들과 함께 테니스를 치기로 했다. 그랬더니 진작 시작하지 않았던 것이 후회가 될 정도로 일석삼조의 효과를 보고 있다. 레슨비 절감은 물론이고 운동을 자주 하게 되니 건강이 좋아지고, 무엇보다 아이들과 함께하는 시간이 많아진 것이 큰 반사이익이다. 부모가 아이들에게 아무리 다른 것들로 잘해 준다 하더라도, 아이들과 직접 함께 보내는 시간보다 더 좋은 것은 없을 것이다. 특히 아이들의 몸과 마음이 자라고 자아 정체성 형성이 이루어진다는 청소년 시기에 부모, 특히 아버지와 함께 보내는 시간이 무척 중요하다 하겠다.

자아 정체성self-identity이란 자신이 누구이며, 어떠한 성격과 능력을 가진 사람이며, 앞으로 어떤 사람으로 성장할 것인가에 대한 개인적인 신념을 말한다. 이러한 자아의식의 형성은 아동기 후기부터 시작되어 청소년기―열여섯 살부터 열아홉 살까지―에 많은 부분이 이루어지는데, 부모를 떠나는 대학생이 되기 전에 자신의 특성에 맞는 자아 정체성을 확립할 수 있게 된다면 가장 바람직하다 하겠다.

아동기부터 형성이 시작되는 자아 정체성은 주로 부모의 영향을 받는다. 부모의 사랑과 칭찬 및 격려를 많이 받고 자라고 부모와의 유대와 신뢰감이 형성될 때 아동의 자아 정체성은 건전하게 형성된다. 남자아이와 여자아이들이 갖게 되는 자아 정체성이 다르게 형성되는 것도 부모의 영향 때문이라고 할 수 있다. 부모는 남자아이와 여자아이를 다소 다르게 키우며 기대하는 바와 교육 내용과 방법을 달리하기도 한다. 남자아이에게는 활동적이고 씩씩하고 공격적인 행동을 허용하고 장려하지만, 여자아이에게는 예쁘고 아름답고 조용하고 착하기를 기대하고 가르치려 한다. 아버지가 없는 가정에서 자란 남자아이는 덜 공격적이고, 의존적이며, 소극적인 성향을 보이게 된다는 조사 연구도 있다. 그리고 또한 부부 관계 상태도 자녀들의 자아 정체성 형성에 크게 영향을 미치게 된다. 부부 관계가 좋지 않아 자주 말다툼을 한다거나, 말없이 냉전이 계속되는 등 가정불화가 있으면 아동들은 정서적으로 불안해지고, 돌발적이고 공격적인 행동을 하게 되기도 한다. 자아 정체성 형성에 영향을 미치는 가정 환경 중에 형제자매 관계 또한 중요하다. 형제자매 간의 관계를 통해 서로 도우고 배우는 사회관계를 학습해 원만한 학교생활과 건전한 교우 관계를 형성하게 하는 기초를 쌓는다. 친구들 관계를 통해서 폭넓은 인간관계의 의미와 중요성을 인식하게 되며 특히 가깝게 지내는 친구들과는 깊은 대화와 우정을 나누면서 자아 정체성의 폭을 넓혀 가게 된다.

자녀들의 바람직한 자아 정체성의 형성을 위해서 부모는 '자녀가 지금 무엇에 관심이 있는지', '학교에서의 생활은 어떠한지', '어떤 어려움은 없는지', '존경하는 인물은 누구인지' 등에 대해 관심을 가져야 한다. 이러한 질문을 통해 자녀에게 자기 정체성에 대해 생각을 해 보게 하는 단서를 주게 되는 것이기 때문에, 관심만 표명하되 그 대답의 내용에 대해서는 문제를 삼지 말아야 한다. 부모의 역할은 부모 자신의 정체성을 자녀에게 주입시키는 것이 아니라, 자녀가 자신의 정체성을 스스로 형성하려는 노력을 하도록 도와주는 것이다. 특히 미국에서 나고 자라는 한인 2세들의 정체성은 이민 1세의 정체성과는 같을 수 없고 또 같아야 할 필요도 없다. 자녀는 성장해 가는 과정에 따라 자기 정체성 형성의 여러 단계를 밟아 가게 되고 정체성의 변화와 수정을 거치기도 한다. 부모는 자녀와의 대화를 통해서 자녀의 자아 정체성에 대한 생각의 유무와 그 수준, 그리고 자녀의 고민 등을 파악하고 그러한 자녀의 생각하는 과정을 장려하고 격려하도록 노력해야 한다. 이것이 자녀에 대한 관심을 가지고 있음을 보여 주는 것이며 부모와 자녀 간의 신뢰를 높이는 효과를 얻게 된다.

자아 정체성을 성공적으로 확립해 뛰어난 업적을 성취하고 사회에 크게 기여한 사람들은 매사에 의욕적이고 적극적이며, 열정적인 성격 특성을 갖고 있으며, 목표 의식이 뚜렷하고, 탐구적이며 도전적이고, 자신에 차 있으며, 자신의 미래에 대해서 낙관적이라고 한다. 따라서 부모는 자녀들로 하여금 이러한 기본적인 성격 특성을 올바로 형성할 수 있도록 노력하면서 개인, 가족, 친구, 사회, 국가, 지구 공동체 등의 각 차원과 관련해 자기의 위상과 해야 할 과제가 무엇인지 생각해 보도록 권장해 가야 할 것이다.

★

무관용 정책

★

지난달 열린 퇴학 청문회에서는 무려 다섯 명의 학생을 퇴학 조치해야 했던 불행한 사건이 있었다. 퇴학 청문회에는 당사자인 학생들과 부모들이 모두 참석해, 자신의 아이가 평소 착한 아이이고 사춘기에 흔히 할 수 있는 단 한 번의 실수를 한 것이므로 학교 당국의 선처를 바란다고 호소했지만, 교육위원들은 학칙에 따라 퇴학을 결정할수밖에는 없었다. 두 학생은 마리화나를 학교에 가져와 팔고 샀고, 다른 두 학생은 맥주를 가져와 학교 라커에 보관했고, 나머지 한 학생은 칼이 달린 공구를 학교에 가져오는 잘못을 저질렀다. 퇴학과 그 기간을 결정하기 전 교육위원들과 해당 학교의 교감, 교장 그리고 교육감이 모여 충분한 토론을 나누었지만 모든 위반 사항이 학교에서 채택하고 있는 무관용 정책Zero Tolerance Policy에 해당되기에 학생들을 구제할 방법은 달리 없었다.

무관용 원칙Zero Tolerance은 1994년 미 의회가 학내 총기 사고를 줄이기 위해 학교에 총기류를 가지고 오는 학생들에 대해 1년간 퇴학을 규정하는 법을 주州가 의무적으로 도입하도록 요청하면서 시작되었다. 현재 미국 50개 주 모두 무관용 원칙을 학교 폭력 방지 대책을 위한 법으로 정하고 있다. 하지만 갈수록 다양해지고 늘어만 가는 학생들의 학내 범죄를 막기 위해 학교들은 무관용 원칙의 적용 범위를 총기류뿐 아니라 술, 담배, 마약, 매춘, 심지어 학생 간의 단순한 싸움이나 언어폭력에까지도 확대시키고 있다. 미국 11만여 공립학교 중 87퍼센트가 술과 마약에 대해서는 그 잘못의 경중에 상관없이 무관용 원칙을 적용해 퇴학을 필수적으로 규정하고 있고, 91퍼센트의 학교들이 무기류의 소지에 대해 무관용 원칙을 엄격하게 적용하고 있다.

대부분의 교사, 학생과 학부모들은 최소한 학교라도 각종 범죄로부터 안전지대로 만들기 위해 강력하고도 일관된 의지가 담긴 무관용 원칙을 지지하고 있다. 무관용 원칙이란 폭력이나 불법 약물 소지 등의 바람직하지 않은 행동에 대해 정상 참작 없이 단 한 번의 실수도 용납하지 않고 엄중한 처벌을 자동으로 부과하는 법이다. 그러기에 무관용 원칙은 그 법의 적용에 있어 융통성 없이 누구에게나 똑같이 그 잘못의 크고 작음을 떠나 일률적으로 적용되기에, 부작용이 따르기도 하고 상식적으로 이해하기 어려운 안타까운 사례들이 생기기도 한다.

타이레놀 같은 진통 해열제나 감기약의 소지는 마약 방지 정책anti-drug policies에 의해, 주머니칼 또는 장난감 총, 새총이나 무기처럼 보일 수 있는 것도 무기류 방지 정책anti-weapons policies에 의해 처벌받는다. 보이스카우트 캠핑 때 쓰는 칼이 달린 식기 도구로 학교 식당에서 점심을 먹은 초등학교 학생, 조그만 칼이 달린 할아버지 회중시계를 학교에서 친구에게 자랑한 학생, 엄마가 실수로 도시락 통에 과일 깎는 칼을 넣은 학생의 경우도 예외 없이 퇴학 조치를 받았다는 보고가 있다. 무관용 원칙이 일괄적으로 적용되기 시작하면서 억울한 사례들이 늘어나고 있어 각별한 주의가 필요하다.

무관용이라는 말 그대로 융통성이 없고 가혹하며 상식적으로 이해하기 어려운 경우도 생거나, 자칫하면 무관용 원칙의 원래 취지와 법 적용의 신뢰성이 떨어질 수도 있다는 점을 우려하기도 한다. 그리고 퇴학만이 문제를 해결할 수 있는 유일한 방법은 아니기에 무관용 원칙이 비교육적인 측면이 없지 않다는 비판도 있다. 무관용 원칙이 남용되는 것을 막기 위해 몇 개의 주는 처벌의 수위를 적절하고 융통성 있게 적용하기 위해 법을 다시 바꾸기도 했다.

그러나 이 같은 무관용 원칙이 엄격히 적용됨에도 불구하고 미국의 학교 폭력은 해가 갈수록 심해지고 개선될 가능성이 보이지 않고 있다는 것이 무관용 원칙의 부작용보다 더 큰 문제다. 학교에 무기를 가지고 등교한 경험이 있는 학생이 6퍼센트나 되고, 학교 폭력에 의해 피해를 본 학생이 3퍼센트라는 전국적인 통계가 있다. 12학년 학생 중에 81퍼센트가 술을 먹어 본 경험이 있고, 담배를 피워 본 학생은 65퍼센트, 마약에 손댄 경험이 있는 학생이 무려 54퍼센트나 되어 15년이 넘게 실시해 온 무관용 원칙이 과연 실효성이 있는지 의문이 들기도 한다.

무관용 원칙의 도입은 처벌의 엄격한 적용과 수위를 높여 어린 시절부터 총기류, 마약, 술, 폭력 등의 범죄를 혐오하게 만들고 그런 불법적인 행동을 원천 차단하려 한 것이 그 원래 목적이었다. 하지만 아무리 학교가 처벌 수위를 높여 가더라도 너무나 많은 유혹이 가까이에 있고, 그 유혹에 쉽게 빠질 수 있는 학생들의 호기심과 미성숙한 판단력, 그리고 '나는 괜찮겠지.' 하는 안일한 생각을 막을 수는 없는 것이다. 결국 그러한 유혹을 이기는 의지와, 옳고 그름에 대한 판단력을 키워 바른 선택과 행동을 하게 하는 데는 가정의 역할이 가장 중요하다. 가정에서 학교가 지향하는 안전한 학교를 만들기 위한 무관용 원칙에 대해 자주 이야기해서 아이들의 경각심警覺心을 불러일으키는 것이 가장 효과적인 방지책이라 하겠다.

★

천재와 교육

★

지난 두 주 동안에는 동계 올림픽이 있어 즐거웠다. 기량이 뛰어난 각국 선수들의 활약상을 감상하고, 한국 선수가 나올 때는 아이들과 함께 열띤 응원을 하며 경기를 관전했다. 특히 김연아 선수의 연기가 막 끝났을 때의 감동은 아직도 기억에 강하게 남아 있다. 최선의 노력을 다해 대회를 준비했고 혼신을 다해 최고의 퍼포먼스를 성공적으로 마쳤다는 것을, 선수 본인도 알고 그의 연기를 본 사람들은 다 알 수 있었기에 거기서 오는 감동이 컸다. 그의 순서 이후 점수나 순위는 그저 형식적인 절차로 남아 있을 뿐이었다. 이번 대회에서 한국은 동계 올림픽 사상 최고의 성적을 올렸다. 올림픽을 제패制覇하고 세계 최고의 자리에 오른 선수들을 보면서 얼마나 많은 노력을 했을까 나름대로 생각해 보며 '바로 그들이 신개념으로서의 천재天才다.'라는 생각을 해 보았다.

지금까지 '천재'란 몇백만 명 중 한 사람 날까 말까 한 뛰어난 재능을 가진 사람을 일컫는 말로 흔히 쓰였다. 그런데 이제는 그 재능을 선천적으로 타고 난 것과 후천적인 노력과 교육에 의해서 개발되고 성숙해지는 것을 구분한다. 선천적으로 타고난 능력이 비범한 사람을 '신동神童'이라 하고 뛰어난 업적을 남긴 사람을 '천재'라 부른다고 한다.

미디어를 통해 어릴 적에 특출한 재주를 보인 신동들이 이따금씩 화제가 됐었다. 특히 어릴 때 이미 대학에 입학할 수준의 지적 능력을 가진 아동들이 화제가 많이 되었는데, 그 후 그들이 어떻게 자라서 어떤 교육을 받아 어떠한 일을 하고 있는지에 대해서는 별로 알려진 바 없다. 신동이라 불리는 이는 많았지만 그 능력을 충분히 키우고 발휘해 위대한 업적을 남긴 천재는 상대적으로 적었다는 뜻일 것이다. 미 대학의 연구에 따르면 신동이나 천재뿐 아니라 그 어느 누구라도 자신에게 주어진 능력을 마음껏 발휘하기 위해서는 세 가지 조건이 모두 충족되어야 한다고 한다. 첫째로 한 사람이 훌륭한 업적을 이루려면 먼저 개인적 소질을 조기에 발견해야 하고, 둘째로 그 소질이 빛을 볼 수 있도록 꾸준한 노력을 함은 물론 적절한 교육 및 훈련을 받아야 하고, 셋째로는 그렇게 개발된 소질을 마음껏 발휘할 수 있도록 적재적소適材適所의 분야에서 일을 해야 한다는 것이다. 선천적인 재능도 중요하지만 그보다 더 중요한 것은 자신의 노력과 교육 환경의 뒷받침 그리고 현명하고 바른 선택이 따라 주어야 한다는 것이다.

미국뿐만 아니라 세계의 음악 애호가들을 열광시켜 오다 최근에 타계한 마이클 잭슨 같은 사람은 음악의 천재라 할 수 있다. 모네와 고흐 같은 사람은 미술의 천재였고, 아인슈타인은 과학의 천재였다. 김연아, 박세리, 박찬호 선수는 스포츠의 천재들이다. 이들은 자신의 재능을 조기에 발견했고 그 재능을 믿었으며, 그것을 발휘할 수 있는 분야를 바로 선택해 노력과 교육, 훈련에 의해서 그 재능을 완성한 것이다. 이들은 각기 다른 분야에서 뛰어난 재능을 발휘해 큰 업적을 이룬 사람들이지만 그들에게는 공통점이 있다. 열정, 적극성, 인내심, 지속성 등과 같은 성격적인 특성이 바로 그 공통점으로서, 각기 자신의 노력으로 육성된 후천적인 특성이라 할 수 있다.

그런데 이러한 성격적 특성은 우리가 흔히 강조하는 지식의 암기를 바탕으로 하는 '주지주의主知主義 교육'으로는 결코 육성될 수 없는 것이다. 성격, 가치관, 동기 등을 포함하는 이른바 정의情意적인 특성은 감정을 수빈하는 것이기 때문에 다양한 경험을 통해서 감동을 받아야 하고 칭찬과 격려를 통해 고무되어야 한다. 이러한 감동적 체험을 하기 위해서는 학교생활뿐 아니라 다양한 과외활동을 시도해 보아야 한다. 다양한 경험을 통해서 무엇이 자신에게 맞는지, 무엇에 흥미가 있고 좋아하는지를 깨닫게 되며 끈기와 인내심을 키우고 이해력, 통찰력, 관찰력 등이 육성되고 적극성, 활동성, 협동성 등도 배양된다. 이와 같은 정의적 특성이 학교에서 주로 배운 지식을 어느 방향으로,

또한 어느 정도 활용할 것인지를 결정하게 되는 것이다. 학교에서 주로 하는 지식 교육도 필요하지만 그 지식의 활용 방향과 활용 정도를 결정하는 정의적 특성을 육성하는 것도 중요하며 이를 위해서는 학교에서보다 가정에서의 역할이 더욱 중요하다 하겠다.

타고난 재능이 아무리 뛰어나다 해도 이를 갈고닦아 훌륭한 일을 할 수 있게 하는 것은 그들이 처한 환경과 그들에게 주어지는 교육에 달려 있다고 보아야 한다. 우리의 가정과 학교에서 자녀와 학생에게 마련해 주는 여러 다양한 교육 환경이, 우리가 기대하는 훌륭한 인재로 자라서 뛰어난 일들을 할 수 있게 뒷받침하고 있는 것인지 생각해 봐야 하겠다.

★

10학년에게 배운 리더십

★

갑자기 봄이 찾아온 것 같다. 길가의 눈이 엊그제까지 쌓여 있었던 것 같은데 어느새 화단에는 봄꽃의 새싹이 쑥 나와 봄을 알린다. 날이 풀리니 학교의 운동 팀들도 선수들을 모으고 일제히 연습을 시작했다. 8학년인 딸은 학교 육상 팀에, 11학년에 올라간 아들은 작년과 마찬가지로 테니스 팀에 들어갔다. 한동안 저녁 식탁 화제는 누가 새로 팀에 들어왔으며, 누가 잘하고, 누가 경쟁 상대이고, 주전으로 뽑혀야 되는데 걱정이라는 등등의 이야기였다. 아이들도 봄 학기의 스포츠 활동이 시작되어 즐거워한다. 그러고 보니 작년 고등학교 테니스 시합의 한 장면이 문득 떠오른다.

작년에 10학년이었던 필자의 아들은 학교의 프레시맨-소포모어 팀[2]에서 만족스러운 테니스 시즌을 보내고 있었다. 시즌 마지막에 있었

---

[2] 프레시맨-소포모어 팀freshman-sophomore team: 고등학교 9, 10학년 학생들로 이루어진 팀.

던 미드일라이나이 토너먼트Mid-Illini Tournament 때까지는 그랬었다. 처음 봄에 시즌을 시작할 때는 팀에서 네 번째 순위였다. 그런데 챌린지 매치³⁾를 통해 두 번째 순위까지 올라가더니, 제일 잘하는 선수가 테니스를 그만두는 바람에 어부지리漁夫之利이긴 하지만 그렇게 하고 싶어 했던 팀 내 랭킹 1순위가 되었다. 던랩고등학교 대표로 나간 컨퍼런스 리그 경기에서 다른 학교의 1순위 선수들과의 경기는 한 경기만 지고 나머지는 다 이겼다. 패배한 한 경기의 상대는 메타모라고등학교Metamora Township High School에 재학 중인 학생인데 테니스 강팀으로 유명한 메타모라고등학교의 전통을 이어받아 그런지 정말 테니스를 잘 치는 학생이었다. 단식 여섯 경기와 복식 세 경기로 이루어진 단체전 성적으로 따지는 리그 경기는 던랩고등학교가 전승 무패로, 일곱 개의 학교로 이루어진 미드일라이나이 컨퍼런스에서 챔피언이 되었다. 문제는 시즌 마지막에 있었던 토너먼트 경기였다. 아들은 자신이 시즌 내내 그렇게 바라고 목표로 삼아 온, 각 학교 1순위 선수들만의 단식 경기인 넘버원 싱글 토너먼트number one single tournament에 출전하게 되었다. 그런데 하필이면 그 전날 아들이 심한 감기에 걸려 출전을 포기해야 할 상황이 된 것이다. 그러나 시즌을 마무리하는 마지막 토너먼트에 꼭 나가고 싶었는지, 경기 전날 하루 종일 자는 등 나름대로 몸을 추슬러 시합에 나갔다. 1회전은 이기고 2회전에 진출했다. 2회전에서 만난 상대는 시즌 중 리그전을 통해 이겨 본 쉬운 상

---

3) 챌린지 매치|challenge match: 하위 랭킹 선수가 상위 랭킹 선수에 도전하는 순위 결정전.

대였다. 하지만 감기 기운에 몸이 정상 컨디션이 아니었는지 초반에 점수를 너무 줘서, 뒤늦게 열심히 따라갔지만 결국엔 경기에서 지고 말았다. 상대가 잘 쳤다기보다는 본인이 실수를 많이 해서 진 경기라, 아들 본인도 경기 결과에 대해 많이 아쉬워했다. 그다음에 벌어진 3, 4위전도 접전을 벌였지만 또 졌다. 3, 4위전에 만난 상대도 본인이 리그전에서는 이겨 본 상대였지만 그날은 컨디션이 썩 좋지 않았나 보다.

시합을 하다 보면 이길 수도, 질 수도 있기에 필자는 별로 내색을 않고 다른 경기를 보고 있었다. 그런데 아들은 자신의 경기가 끝났는데도 코트 안에 있는 벤치에 한참을 앉아 있었다. 기운이 빠져 힘들어 그랬는지 경기에 져서 실망스러워 그랬는지, 그렇게 한참을 있으니 던랩고등학교에서 함께 온 팀원들의 눈에 띄었나 보다. 팀원들은 아들을 유심히 보다가 서로 무슨 이야기를 주고받았다. 그러더니 곧 모든 팀원이 아들에게 뛰어가서 위로를 하는 광경이 벌어졌다. 필자에게는 상당히 감동을 주는 광경으로, 아들이 경기에 진 것보다 팀원들이 아들을 둘러싸고 위로하는 광경을 사진에 못 담은 것이 더 아쉬웠다. 팀원 중에 한 명이 나서서 다른 팀원들을 불러 모아 아들에게 가서 위로와 격려를 하자고 제안을 했던 것이다. 위로를 받은 아들은 마음이 좀 가벼워졌는지 마침내 물건을 챙겨서 코트에서 나왔다.

필자는 그 고등학교 10학년들에게서 리더십을 보았다. 어떤 이가 낙심하고 있거나 곤경에 처했을 때 먼저 다가갈 수 있는 용기가 바로 여러 가지 리더십 중의 중요한 하나가 아닌가 한다. 위안을 받는 당사자는 물론이고 그것을 지켜보는 주변 사람들에게까지 잔잔한 감동을 주었다. 고등학교 10학년에게서 배운 리더십이었다.

★

협회 활동의 중요성

★

학교 교육위원회 일을 시작한 이후로 필자에게 여러모로 사고思考의 변화가 있었는데, 그중 하나가 자발적인 협회 활동에 대한 시각視角의 변화다. 지난해 가을 참석했던 일리노이교육위원협회 컨퍼런스의 규모와 조직력에 깊은 인상을 받았던 것이 그 계기가 되었다. 1913년 단지 25명의 회원으로 시작했다는 일리노이교육위원협회Illinois Association of School Boards는, 현재는 6,000명이 넘는 교육위원들이 867개의 지역 공립 학군에서 200만이 넘는 일리노이 학생들의 교육 활동 및 학습 환경 개선을 위해 자발적으로 봉사하는 단체로 성장했다. 일리노이주가 정한 학교 법에 따라 권한을 위임받아 지역 교육위원회에 대한 지도와 교육, 주 정부에 대한 공립학교와 학생, 학부모의 이익을 대변하는 역할, 정책 수립을 위한 자문과 검토 등의 업무를 본다. 이렇게 규모가 큰 일을 하려면 체계적이고도 거대한 조직력이 필요하다. 그렇기에 협회를 구성해 꾸준히 그 조직 집단의 이익을 대변하는 노력을 하면, 개인의 힘으로는 불가능하지만 협회를 통해서는 보람 있고 뜻있는 일을 할 수 있다는 것을 새삼스레 느끼게 되었다.

지난 주말에는 아이오와 시티Iowa City에서 열린 재미한인과학기술 자협회Korean-American Scientists and Engineers Association 중서부 지역 컨 퍼런스에 참석을 했다. 필자의 전공이 화학이기에 재미한인과학기술 자협회에 대해서는 익히 알고 있었지만, 직접 그 행사에 참여한 것은 이번이 처음이었다. 앞에서 언급한 협회의 영향력을 보는 필자의 바 뀐 시각으로, 1박 2일 동안 열린 중서부 지역 컨퍼런스에 참여하게 된 것이다. 참석을 해 보니 진작 협회 활동에 참여하지 않은 것이 후회가 될 정도로 컨퍼런스가 매우 유익했다. 이번 컨퍼런스는 주로 미 중서 부 지역에서 활동하는 대학 교수, 기업체의 엔지니어 그리고 대학원 학생들이 참여해 유익하고도 즐거운 시간을 가졌다. 다양한 전공과 직업을 가진 전문가들이 모였지만 발표자들은 다른 분야의 사람들이 이해하기 쉽도록 설명을 잘해 주었다. 평소에 관심은 있었지만 자세 한 사항을 몰랐던 돼지독감의 유래, 한국의 4대강 살리기 운동의 논 쟁점, 인공지능의 발달. 척추 근육에 대한 이해, 암의 조기 진단과 치 료 방법 등등 다양한 주제들의 전반全般에 대해 이해할 수 있었다. 학 생과 젊은 전문가들을 위한 경력 상담 시간에는, 공학 공부를 하고 다시 법학을 공부한 특허 전문 변호사와 회사에 팀 리더로 근무하는 엔지니어가 자기의 경험을 토대로 유익한 이야기를 들려주었다. 자신의 전문 분야뿐 아니라 다양한 분야에 폭넓게 관심을 두면 더 많은 기회를 가질 수 있다는, 평범하지만 행동으로 옮기기 어려운 조언들에 대한 이야기도 나누었다. 그 무엇보다도 귀중했던 것은 각자의 분야에서 노력하며 자신의 꿈을 이루기 위해 열심히 사는 모습을 보여준 여러 한인들과의 만남이었다. 특히 명사 초청 강연 시간에는 빈손으로 사업체를 세우고 발전시킨 어느 기업가의 일대기를 들을 기회가 있었다. 그분은 미국에 유학 와서 공부하고 회사에 입사해 능력을 인정받아 안전한 일자리가 보장되어 편안한 삶을 영위할 수 있었다. 그런데 그 안락함을 마다하고 자신의 꿈을 이루기 위해 맨손으로 회사를 세우고 많은 도전과 어려움을 극복한 이야기가 매우 감동적이었다. 한국에서는 가난을 이겨 내야 했고, 미국에서는 한인으로서의 고난과 역경을 넘어야 했던 진솔한 이야기를 들려주면서, 후배들을 위해 주옥같은 조언들을 아끼지 않는 그를 보며 필자도 많은 용기를 얻었다.

재미한인과학기술자협회KSEA는 1960년대 후반기에 당시 한국의 과학기술 발전에 기여하고 해외의 한인 과학기술자들의 교류를 촉진시키기 위해, 국내외 여러 뜻있는 분들의 노력으로 1971년 워싱턴 D.C.Washington D.C.에서 창립되었다. 그 후 협회는 많은 분들의 자발적이고 헌신적인 참여와 봉사를 통해 발전을 거듭해서 지금은 7,000명의 회원과 미 전국에 30개 지부를 가진, 미주 한인사회와 한미 양국의 과학기술 발전에 크게 이바지하는 단체로 성장했다. KSEA는 미국과 한국의 과학기술의 협력, 과학자와 기술자들의 경력개발, 사회봉사, 미주 한인 과학기술자 및 학생들 간의 교류, 우리 다음 세대들을 위한 지원을 그 주된 사명으로 삼고 있다. 주요 활동으로는 미국과 한국 간의 국제 컨퍼런스, 젊은 세대들을 위한 리더십 컨퍼런스, 수학 과학 경시대회, 그리고 해마다 30명이 넘는 학생들에게 혜택을 주는 장학제도를 운영하고 있다. 한인들이 조직한 한인들을 위한 협회이기에, 재미 한인 과학기술자들은 물론 학생 및 학부모들의 관심과 적극적인 참여를 기대해 본다.

★
고등학교 11학년
★

필자에겐 지금 11학년에 재학 중인 첫째 아이가 있다. 미국에서 고등학교 11학년이면, 한국으로 말하자면 소위 '집안의 왕'이라는 고3이다. 미국에서도 11학년이면 하루의 일과가 만만치 않다. 아침 6시에 일어나 7시 30분에 시작하는 첫 수업에 맞춰 서둘러 학교에 가는 것으로 하루를 시작한다. 첫 수업이 일찍 시작하기에 모든 학과목에 대한 수업은 오후 2시 반쯤에 끝난다. 하지만 활동하고 있는 학교 테니스부의 연습이 있을 때는 5시에 끝나고, 다른 학교와 시합이 있는 날이면 집에 오는 시간은 오후 8시 정도가 된다. 그러면 그날 주어진 숙제와 다음 날 있을 시험 준비로 저녁 식사 후 바로 책상에 앉아야 한다. 숙제는 대체로 매일 있고 시험은 과목당 일주일에 한 번씩은 본다. 이것저것 다 끝내려면 보통 11시가 넘어 잠자리에 든다. 살인적인 한국의 고등학생 일과와 비교해 보면 이 정도의 고등학교 생활은 아무것도 아니라 할 수 있겠지만, 미국 고등학생의 대부분이 학교 공부 때문에 스트레스를 받는다는 통계가 말해 주듯 우리 아이의 경우도 이제 코앞에 닥친 대학 준비에 대한 심적 부담과 스트레스를 느끼고 있다. 물론 이를 옆에서 지켜보아야 하는 부모의 마음도 함께 초조해진다. 아무래도 가족 간의 일이나 행사도 11학년 아이의 눈치를 보고 아이의 일정에 맞추어 조정하게 되니, 집에 상관을 모시고 살고 있는 셈이다.

필자에게도 미국의 대학 입시 제도는 처음 경험하는 것이기에 어느 부모들처럼 시행착오를 거치며 하나하나 배워 가고 있다. 한국에서는 모든 학생이 한날한시에 1년에 단 한 번의 기회가 주어지는 입학시험—수능시험—을 치고 그 시험 점수에 따라 대학 지원의 대세가 판가름 난다. 그러므로 공부하는 것은 힘들지라도 대학 지원에 필요한 준비 절차는 비교적 간단한 편이다. 반면에 미국의 대학 입시 제도는 학생의 진로와 학업 성취도에 따라 입시를 준비하는 선택의 폭이 넓고 절차가 다양해, 한국에서 교육받은 한인 부모들로서는 미국 대학 입학 사정 제도가 낯설고 복잡하게 느껴질 수밖에는 없다.

고등학교마다 조금씩 차이가 있지마는 보통 11학년을 마치게 되면 미국의 수능시험이라 할 수 있는 ACT나 SAT의 출제 영역을 학교 교과과정에서 다 이수하게 된다. 그러니 학생들로서는 11학년이 끝나는 6월이 ACT나 SAT를 보기에 가장 유리하다. 전통적으로 서부와 동부 지역 대학들이 SAT를, 중서부 지역 대학들은 ACT를 학생의 학업 성취도의 척도로 본다고 하는데, 최근에는 전국의 모든 주요 대학들이 ACT나 SAT 성적을 모두 인정하고 있다. 따라서 학생들에게는 자신에게 유리한 시험을 선택할 수 있는 융통성이 주어진 셈이다. SAT는 3분의 2가 영어에 관한 문제—비판적(심층적) 읽기critical reading와 작문writing—이고 나머지 3분의 1이 수학이다. 반면 ACT는 반이 영어이고 나머지 반이 수학과 과학이다. 그러니 학생이 영어에 강하면 SAT가, 수학과 과학 분야를 잘하면 ACT가 유리하다고 할 수 있다. ACT나 SAT 시험은 여러 번 봐도 상관이 없는데, 통계적으로 두 번째 보는 시험에서 점수가 더 잘 나오는 경우가 50퍼센트가 넘기에 통상적으로 두 번 이상 보는 것을 권한다.

ACT나 SAT가 고등학교 과정의 학업 성취도와 대학 과정의 학업 능력을 측정하는 시험이라면, 이와는 달리 어떤 특정 과목에 대한 지식과 수학능력을 평가하는 시험으로 SAT Subject와 APAdvanced Placement라는 것이 있다. SAT subject와 AP 시험에는 선택할 수 있는 다양한 과목들이 있는데, 평소 관심을 가지고 학교에서 높은 수준—Honor 또는 AP Class—의 과목 수업을 들은 학생들이 시험을 치는 것이기에 자신이 있는 과목 두세 개 정도 골라서 보면 소위 일류 대학에서 요구하는 필요조건을 충족하게 된다.

시험도 물론 중요하지만 고등학교 11학년에 반드시 해야 할 것 중의 하나는, 자신이 무엇에 관심이 있고 어떤 전공을 어느 대학에서 공부할지 심사숙고해 보는 것이다. 본인이 어떤 특정한 분야에 관심과 소질이 있다는 것을 발견하면 다행이나, 사실 학생들은 자신이 장래에 무엇을 해야 할지 모르는 경우가 더 많다. 학교에서 제공하는 직업소개 이벤트career day에 참여하고 적성검사 등을 통해 본인이 어느 분야에 소질이 있는지 알아보는 것도 진로 결정에 도움이 될 것이다.

지금 많은 11학년 학생들이 자신의 미래를 위해 오늘도 열심히 공부하며 준비를 하고 있을 것이다. 마음 같아서는 힘든 공부를 대신해 주고 싶지만, 잘하고 있으니 얼마 남지 않은 기간 좀 더 힘내라고 격려하는 한마디 말로 이들에게 용기를 북돋아 주고, 위로의 말을 대신할까 한다. 11학년들이여, 고지가 바로 저기인데 에서 멈출 수는 없지 않은가?

V

박포원의
미국 학교
이야기

★
21세기에 필요한 기술
★

지난 4월 10일부터 12일까지 시카고에서는 제70회 전국학교교육위원회National School Board Association 컨퍼런스가 열렸다. 시카고에서 대규모 행사를 수용할 수 있는 매코믹플레이스McCormick Place에서 컨퍼런스가 열렸던 만큼, 전국에서 모이는 많은 학교 교육위원들을 위해 다양한 프로그램이 준비되어 있었다. 여러 가지 주제에 대한 발표와 전시 중에 필자의 눈에 들어온 것은, 21세기를 위해 학생들이 갖추어야 할 기술들21st century skills 그리고 그 기술의 배양을 효과적으로 지원할 학교 교육 환경 개선에 대한 세미나였다. 과연 우리 학생들이 급속도로 재편되는 세계경제 구조의 틀에서 경쟁력을 갖추고 미래를 맞이할 수 있도록 학교가 혁신적인 학교 교육과정을 도입하고 있을까 궁금해졌다. 그런 생각을 가지고 컨퍼런스를 둘러보니 21세기가 요구하는 기술들은 무엇이고, 이를 학교 교육과정에 어떻게 도입해서 가르칠 것이며, 그것을 위해서는 어떠한 학교 시설들이 필요한지에 대한 활발한 논의가 이번 컨퍼런스 전반에 걸친 화두話頭였다.

미국경영협회AMA, American Management Association에서 세계 유수한 기업들의 2,000명이 넘는 매니저와 고위 경영진들을 대상으로, 경쟁이 갈수록 심해지는 세계경제에서 살아남고 앞으로 더 회사를 발전시키기 위해 미래의 전문 인력들이 갖추어야 하는 기술과 경쟁력에 대한 설문 조사를 했다. 설문 조사의 결론은, 전통적인 학과 교과목이라 할 수 있는 '읽기reading, 쓰기writing 그리고 산수arithmetic'로 통칭되는 소위 '3R'에 정통精通해야 하는 것은 물론이고, 이에 더해 비판적 사고와 문제 해결critical thinking and problem solving, 소통communication, 협동collaboration 그리고 창의력과 혁신creativity and innovation 등 소위 '4C' 능력이 어느 때보다도 요구된다는 것이다. 많은 고위 경영진들은 현재 학교를 졸업하는 학생들의 4C 능력이 부족하다고 지적하며 세계화되어 가는 고용시장에서 경쟁력을 갖추기 위해서는 4C 능력을 기르는 것이 필수적이라고 충고하고 있다.

미국경영협회의 설문 조사에 따르면 4C 능력은 회사 조직 내에서도 직책의 높고 낮음에 관계없이 중요하게 요구된다 한다. 이를 매년 실시하는 사원들에 대한 업무 능력 평가에도 직접 적용시켜 임금 인상이나 승진에 반영하게 된다. 4C 중에서도 평가의 중요도의 우선순위로 '소통력(80.4%)'이 가장 중요하고 다음으로 '비판적 사고력(72.4%)',

'협동심(71.2%)', '창의력(57.3%)'의 순으로 꼽았다. 이와 같은 평가 기준은 신입 사원을 채용할 때도 똑같이 적용된다고 한다.

효과적인 소통 능력이 부족하고 협동심이 떨어지며 비판적 사고 및 문제 해결의 능력이 약하다면, 학교 공부만 잘하는 것으로는 앞으로의 세상이 필요로 하는 기준에 미치지 못하게 된다. 지식의 습득 능력도 중요하지만, 지식의 활용을 통해 창의적인 아이디어를 창출할 수 있는 능력이 있는, 3R과 4C를 잘 조화시킨 인재가 21세기에 필요한 것이다.

이러한 4C의 능력이 최근 들어 새삼스레 강조하게 된 이유는, 세상이 그 어느 때보다 빠른 속도로 바뀌고 복잡해지며 전문 분야가 더욱 다양해지고 깊이가 더해 감에 따라, 이제는 개인의 능력보다는 조직의 역량이 강조되는 업무의 특성으로 변화되고 있기 때문이다. 또한 오늘날 모든 업무가 더욱 분화 및 심화되고 다양한 전문가가 모여 함께 일을 해야 효율이 높아지도록 회사의 조직도 그에 따라서 변화되고 있기 때문에 4C의 능력이 갈수록 중요해지고 있는 것이다.

4C 기술들은 새로운 것을 받아들이기 쉽고 아직 자신의 일에 대한 패턴과 습관이 형성되기 전인 어린 학생 때 개발하는 것이 가장 바람직하다. 그렇기에 새로운 시대의 새로운 인재 양성을 위해 지금 각급

학교들은 가르치고 배우는 기술을 학생들의 4C 능력 향상에 초점을
두고 교과과정과 교육 활동의 패러다임을 개선하는 데 투자를 늘리
고 있다.

빠른 속도로 디지털화되어 가는 세상에서 이제 정보는 누구나 쉽
게 얻을 수 있다. 보편화되어 가는 정보를 창조적으로 재활용해 새로
운 기술과 산업을 이끌어 낼 수 있는 차세대의 인재를 양성하는 교육
을 먼저 뿌리내리는 사회가 21세기에서 번영하게 되는 것은 당연한
이치가 아닐까 생각해 본다.

★

시니어 나이트

★

만물이 소생하는 5월이 되었다. 5월은 '계절의 여왕'이라는 별명에 걸맞게 상큼한 날씨에 봄꽃이 피고 나무도 초록의 옷을 입기 시작한다. 어머니 날Mother's Day이 있는 가정의 달이기도 한 5월은, 고등학교 12학년들에게는 4년간의 고등학교 생활을 마치는 졸업의 계절이기도 하다. 부모에게는 이제 부모의 품에서 떠나보내야 하는 아쉬움이, 아이들에게는 앞으로 펼쳐질 새로운 세계의 동경으로 마음이 들뜨기도 할 5월이다.

고등학교의 각 운동 팀에게 5월은 남은 시즌 경기를 잘 치루고 곧이어 열리게 되는 지역 결승과 주州 결승 경기 준비로 마지막 마무리에 분주한 달이다. 또한 5월에는 각 학교의 운동 팀마다 '시니어 나이트senior night'라는 전통적인 행사를 갖는다. 시니어 나이트란, 주로 11학년과 12학년으로 이루어진 학교 대표팀varsity team의 마지막 홈경기에 맞추어, 졸업을 앞둔 12학년 선수들의 마지막 경기와 그들의 졸업을 기념하기 위한 행사다. 그 행사에는 학교 대표팀뿐 아니라 학교 2군 팀junior varsity, 그리고 프레시맨-소포모어 팀freshman-sophomore team 소속의 모든 선수와 가족들이 초청된다.

시니어 나이트 행사에서 필자의 아들이 테니스 코치로부터 기념패를 받고 있는 장면이다.

코치의 선호에 따라 또는 운동경기의 특성에 따라 다르겠지만 보통 경기 중간 휴식 시간half time이나 경기 후에 조촐한 기념행사를 갖는다. 그리고 경기가 다 끝나면 따로 마련된 장소에서 다시 모이거나 학교 내 식당에서 저녁 식사를 함께 하면서 행사의 나머지 순서를 갖는다. 행사는 해당 운동 팀 코치의 사회로 진행되는데, 먼저 12학년 선수와 부모가 일일이 소개되며 아이와 같이 앞으로 나가 인사를 하게 된다. 이때 코사지corsage나 꽃다발을 준비한 경우에는 이를 어머니들에게 준다. 이는 그동안 부모로서 자기 아이와 소속 팀을 위해 여러모로 뒷바라지한 것에 대한 고마움의 표시다. 사실 학교 운동 팀들은 학부모의 적극적인 참여가 없으면 운영이 불가능하기에 부모들에 대한 감사의 인사는 행사에서 꼭 빠지지 않는다. 아이들을 연습이나 경기에 데려다주고 오는 일뿐 아니라 운동 팀에 필요한 용품 구매, 간식 제공, 구내매점 운영 등등이 부모의 봉사와 기부로 이루어지기 때문이다. 그동안 경기나 연습 중에 찍은 사진을 슬라이드 쇼로 보여주며 코치가 선수들의 간단한 약력과 그동안 있었던 재미난 에피소드 그리고 그 학생의 졸업 후 진로에 대해 소개한다. 코치와 졸업하는 12학년 학생에게 선물을 준비하기도 하는데 이에 드는 비용은 각 선수들 가정에서 조금씩 모아 충당한다. 선물로 흔히 준비하는 것은 팀 단체 사진, 팀 유니폼, 전체 선수들이 서명한 기념품 등이다. 모든 학년의 부모들이 함께 행사를 돕고 참여하지만 시니어 나이트의 준비와 기획은 11학년 부모들이 맡아서 주관하게 된다.

필자의 큰 아이는 이제 11학년이라 시니어 나이트의 주인공이 될 날이 꼭 1년 남았다. 아직은 실감나지는 않겠지만, 1년 후 그때는 여러 가지 상념이 교차할 것이라 생각된다. 4년 동안 몸담았던 팀의 마지막 게임은 아무래도 다른 시합보다는 의미가 더 크며 그에 따라 긴장도 더할 것이다. 12학년 선수들은 마지막 홈경기이기에 꼭 이겨서 유종의 미를 거두고 싶어 할 것이고, 코치들은 그 마지막 게임에 임하는 졸업생들에게 출전의 기회를 최대한 배려해 그동안 팀원으로서 4년을 함께 동고동락한 것에 대한 마지막 예우를 해 주려 할 것이다.

요즈음 학생들에게는 하고 싶은 대로 정말 많은 것을 할 수 있는 다양한 선택권이 있다. 사실 아이들에게는 집에 그냥 있으면서 비디오게임이나 컴퓨터를 하며 보내는 것이 쉽고 편할지도 모른다. 다른 재미있게 할 것도 많고, 유혹 또한 많은데 한 운동 팀을 선택해 4년 동안 연습과 시합에 빠지지 않고 참여한 것은 특별히 마음을 쏟지 않고는 할 수 없는 대단한 열정이고 헌신인 것이다. 그러한 의미에서 시니어 나이트는 지난 4년을 돌아보고 기억하며 학생들과 부모들에게 명예롭고 추억에 남는 유종의 미를 거두게 해 주는 중요한 스포츠 행사다.

★

졸업식 단상 ❷

★

학기는 아직 진행 중인데 중학교를 졸업하는 8학년과 고등학교를 졸업하는 12학년은 벌써 졸업식까지 마쳐 모든 학교 일정이 끝났다. 다른 나라보다 수업 일수가 적어 미 오바마 대통령으로부터 여러 차례 지적을 받은 미국 교육 시스템인데도, 졸업반 학생들은 거기에서 또 2주 정도 학기를 빨리 마친다. 이렇게 빨리 졸업식을 하는 이유가 궁금해서 교육위원회 회의 때 질문을 했더니, 별 특별하게 이유가 있어서 졸업식을 빨리하는 것은 아니고 단지 졸업식을 항상 일정한 날에 하기 위해서라고 한다. 그래서 졸업식을 항상 일정한 날에 해야 하는 이유가 무엇이냐고 다시 물어보니, 미리 졸업식 하는 날을 정하고 알려 참석하는 학생과 가족 그리고 친척들이 졸업식에 참석하기 위한 계획을 미리 세울 수 있게 하기 위함이라는 대답이다. 하긴 졸업반 아이들의 설레고 들뜬 마음은 벌써 다른 데 가 있을 테니 학습 효과는 떨어질 테고, 긴장이 풀려 있을 수도 있을 학년 말에 불미한 사고를 미리 예방하는 하는 차원에서 빨리 졸업시켜 내보내자는 것이 학교 측 입장이 아닌가 하는 생각도 해 보았다.

중학교 졸업식은 수요일 저녁에 했지만 졸업반에 대한 학과 활동은 그 전주 금요일에 학기말 시험을 마치면서 모두 끝났다. 졸업을 앞둔 주의 월요일은 8학년 전통의 졸업여행으로 놀이공원인 식스플래그Six Flags에 다녀왔고, 화요일은 피오리아 다운타운에서 있었던 아트 페스티벌에 참가해 밴드와 코러스 공연을 했고, 졸업식 당일은 학교에서 학생들의 장기자랑과 졸업식 예행연습으로 시간을 보냈다. 학교를 졸업해 떠나기 전 친구들과 학교에 대한 좋은 추억거리를 많이 만들 수 있는 시간이 졸업생들에게 주어졌다.

올해는 학부모 또한 교육위원으로서 중학교 졸업식에 참석했다. 올해는 필자의 딸이 중학교를 졸업했는데 큰아이인 아들이 졸업할 때와는 감회가 달라 새로웠다. 남자아이들은 8학년이라도 아직 어린아이 같지만 여자아이들은 나이에 비해 더 성숙해 보여서 그런지 벌써 다 커 버린 것 같은 또 다른 감동을 느낀다. 교장 선생님이 졸업식을 전통적으로 진행하겠다는 통신문을 보내서인지, 평소 자유분방한 학교의 모습과는 달리 졸업식장은 차분하고 엄숙한 분위기마저 풍겼다. 여학생들은 드레스를 입고 남학생들은 타이를 맸다. 졸업하는 아이들이 너무 대견해 환호하는 부모들도 간혹 있었지마는 참석한 대부분의 학부모들은 정해진 때를 제외하고는 고함이나 박수를 자제하는 편이었다.

학교 상담교사에 의해 호명된 학생들이 한 명씩 단상으로 걸어 나오면 학교 교육위원이 졸업장을 전해 준다. 작년에도 해 본 일이어서 순서에는 익숙하지만 필자의 딸이 졸업생 중에 있으니 딸이 호명되어 걸어 나올 때는 어떻게 해야 할까 은근히 긴장이 되었다. 다시는 안 올 기회를 그냥 지나치기에는 너무 아쉬워 졸업장을 주고 포옹을 함으로써, 교육위원인 아빠와 졸업생인 딸의 관계를 단상 위에서 특별히 연출할 수 있는 특권을 잠시나마 누렸다.

필자의 옛 기억으로는 졸업식이 끝나면 가족, 친구 그리고 선생님들과 사진 촬영하기 바쁘고 아쉬운 마음에 교정을 떠나기가 쉽지 않았는데, 딸의 졸업식은 식 자체도 간단히 끝났지만 순서가 끝나니 학생과 학부모 모두 식장을 빠져나가기 바쁜 모습이었다. 이미 졸업식 후에 있을 뒤풀이 모임에 마음이 가 있는 딸을 데리고 필자가 원하는 사진을 좀 더 찍기 위해 여기저기 돌아다녔다. 중학교 내내 가르쳐 주신 선생님과 교장 선생님은 졸업식 후에 어디로 가셨는지 보이지 않아 함께 사진을 찍지 못한 것을 오히려 필자가 졸업하는 당사자인 딸보다 더 아쉬워했고, 학생들이 선생님들과의 관계나 추억에 크게 의미를 두지 않는 것 같아 한편으론 안타깝기도 했다.

중학교 졸업식. 마침 필자의 딸이 졸업을 맞아, 필자가 교육위원으로서 딸에게 졸업장을 수여한 뒤 잠시 포옹하고 있다.

학생과 학부모 그리고 학교 선생님과의 관계는 한국과 미국이 좀 다를 수 있다. 한국에서는 교직을 다른 일반 직업과 구별해 단순히 그냥 직업으로만 생각하지는 않는다. 교사에게 교육자로서의 소명과 헌신, 사명감을 기대하며 또 그에 따라 교사를 존경의 대상으로 생각한다. 한편 미국에서는 교사직을 하나의 전문직으로, 교사를 직업 전문인으로 대우하며 직업인으로서 맡은 바 소임을 다하기만을 기대한다. 하지만 교사에 대한 인식이 어떠하든, 어느 사회에서나 성공한 사람 뒤에는 언제나 훌륭한 지도자가 있듯이, 교사는 학생을 가르치며 아이들의 장래를 만들어 가는 데 직접적으로 많은 영향을 주는 책임이 막중한 역할을 하게 된다. 그러한 교사들의 손에 우리의 자녀의 미래가 달려 있으니 선생님을 소홀히 대할 수는 없다. 선생님을 존경하는 한국의 아름다운 전통을 아이들에게 전수하고 선생님들에게는 교사로서의 자부심과 보람을 느낄 수 있도록 감사의 마음을 전함으로써 교사들의 사기와 직무 의욕을 높여 주는 것이 바람직한 학부모와 교사의 관계가 아닌가 생각해 본다.

★
트래블 축구 팀
★

2010년 남아공 월드컵 경기 개막이 바로 내일로 다가왔다. 아직도 2002년 한일 월드컵의 감동이 어제 일같이 기억에 생생한데 벌써 8년 전의 일이고, 이제는 사상 최초로 아프리카에서 열리는 제19회 FIFA 월드컵World Cup 경기가 앞으로 한 달간 전 세계의 축구팬들을 열광 시킬 것이다. 역대 최강의 전력을 갖췄다는 한국 팀의 선전을 기원해 본다. 미국도 축구에 대한 관심과 열기는 해가 갈수록 더해 가고 있다. 사실 미국 팀도 1990년 이탈리아 대회부터 6회 연속 출전한 관록이 있는 팀이다. 이를 반영하듯 이번 대회는 미국 스포츠 전문채널에서 유례없이 전 64개 경기를 생중계한다고 한다. 1994년 월드컵 때는 미국에서 개최된 경기였는데도 중계방송을 다 해 주지는 않았는데 이는 축구의 저변이 확대되고 축구를 즐기는 인구가 많이 늘어났음을 반영한다.

아이들 축구 경기에 가 보면 미국이 얼마나 진정으로 축구를 즐기고 사랑하는지 쉽게 발견하게 된다. 고등학교의 학교 팀은 물론이고 공원 지구park district 또는 클럽 소속에 따라 나이, 성별, 실력에 따라 많은 팀과 컨퍼런스가 구성되어 있다. 각자 자신의 목적과 실력에 맞게 축구 팀을 선택해 축구를 배우며 즐길 수 있도록 하부 조직이 탄탄하게 조직되어 있다. 미식축구와 야구가 남자들의 전유물이라면 축구는 남녀를 불문하고 누구나 즐길 수 있기에 특히 여자아이들에게 인기가 많은 것 같다. 축구는 이제 미국에서 농구 다음으로 많이 즐기는 운동으로 자리 잡고 있으며 특히 미 대학 여자 운동경기 중에서는 가장 인기가 높은 종목이 되었다.

필자의 막내딸이 트래블 축구 팀travel soccer team에 들어간 덕분에 이번 축구 시즌 동안 일리노이주의 여러 도시들을 주말마다 돌아다녔다. 먼 곳에 시합이 있을 때는 하룻밤 자고 와야 할 때도 있었다. 트래블 팀이란 축구에 관심이 많을 뿐 아니라 그 나이 또래에서는 축구를 잘한다는 아이들을 모아서 도시를 순회하며 열리는 토너먼트에 참가하는, 경기력이 높은 팀을 말한다. 트래블 팀은 축구를 즐길 뿐 아니라 그보다 좀 더 높은 목표가 있다. 아이들에게는 공정한 경쟁을 통해 축구 팀에 선발될 수 있는 기회를 주며 궁극적으로 지역 또는 주州, 나아가서 전국적 수준의 경쟁력 있는 축구 선수를 키우는 것을 목표로 한다. 연습과 경기를 통해 팀플레이, 정정당당한 스포츠맨십,

열심히 노력하는 인내심과 근면 정신을 키워 주어 보다 나은 삶을 위한 지혜와 기술을 습득하도록 하는 것 또한 트래블 팀의 목표다. 주중에는 축구 전문 코치의 지도로 연습을 하고 주말에는 토너먼트에 출전하기에, 아이들은 자신의 시간과 몸 관리에 충실해진다. 물론 연습과 경기에 일일이 따라다녀야 하는 부모들의 노력과 금전적인 지원도 트래블 팀에서 빼 놓을 수 없는 절대 필수적 요건이다. 트래블 팀은 클럽 팀이기에 축구장 이용비와 토너먼트 참가 비용을 부모들이 지불해야 할 뿐 아니라, 축구를 할 수 있는 최적의 환경을 아이들에게 최저 비용으로 제공하기 위해 홈팀 축구장 관리는 부모들의 자원봉사로 이루어진다. 아이들의 축구를 위해 이렇게 헌신하는 부모들은 아이들의 축구에 거는 기대 또한 높을 수밖에 없다. 경기 때 열성적인 응원은 당연한 것이다. 좀 더 극성적인 부모들은 자기 아이가 실수할 때면 크게 고함을 지르며 주의를 주고, 때로는 심판에게 판정에 대한 항의를 하기도 하며, 코치의 작전에 이의를 제기하기도 하는 등 경기를 상당히 심각하게 받아들이기도 한다. 코치도 보수를 받고 팀을 맡기에 부모의 기대에 못지않게 팀에 대한 애착이 강하고, 이기기 위한 경기를 하려 한다. 연습을 소홀히 하거나 경기력이 떨어지는 선수의 출전 기회는 상대적으로 적어진다. 팀 내에서도 만만치 않은 주전 경쟁이 벌어지며, 경쟁적인 팀 분위기에 적응하지 못한 아이들은 다른 팀으로 옮기기도 한다.

축구 경기 후반전 시작 전에 코치로부터 작전 지시를 받고 있다.

전 세계적으로 보편화되어 있는 유일한 운동경기인 축구는 그만큼 우리 삶에 미치는 영향도 크다고 할 수 있다. 축구는 상당히 감정적으로 격해질 수 있는 운동경기인데 이는 축구에 부족部族적인 본능이 담겨 있기 때문이라 한다. 실제로 축구 때문에 1969년 엘살바도르와 온두라스 간에 전쟁이 벌어진 적도 있었고, 1985년에는 영국과 이탈리아 축구 팬들의 충돌로 사상자가 발생하는 사고도 있었다. 축구가 세상을 얼마큼 바꿀 수 있는지는 지난 한일 월드컵을 통해 우리가 직접 체험했었다. 88 올림픽 이후에 유치誘致한 가장 큰 대회인 한일 월드컵을 통해 우리 국민의 자존심을 드높이고 국민의식을 더욱 성숙시켜 주었으며, 경기 응원을 통해 하나가 되는 국민의 결집력과 단결성을 과시했다. 축구는 많은 아이들에게 꿈을 심어 주며 세상을 더 나은 사회로 만들기 위한 중요한 수단이 되기도 한다. 축구는 규칙이 간단하고 부담되는 장비도 필요 없이 그저 공 한 개만 있으면 언제나 어디서나 할 수 있는 운동이기 때문이다. 아프리카, 남미, 아시아의 어려운 나라의 소외된 아이들에게 희망을 주고 교육 수준을 높이며 에이즈AIDS 같은 질병에 대한 경각심을 높이는 사회운동에 축구가 적극적으로 활용되고 있다.

이외에도 축구에 대한 예찬론은 여러 가지가 있다. 축구는 다른 운동경기에 비해 승패에 대한 불확실성이 많아 현대를 살아가는 우리의 삶과 비슷한 점이 있다. 그럼에도 불구하고 시합에서 이기기 위해서는 체력과 전술훈련 등 무한한 연습을 통해 경기를 준비해야 하는데 이러한 점을 그대로 공부나 인생에 적용할 수 있는 공통점이 있다는 의미다. 최근 사회에서 강조되는 '분담하는 리더십shared leadership'은 한 사람 개인의 능력에 의존하기보다는 팀의 조직력을 발휘하는 팀워크가 성공의 핵심이라는 점에서, 축구와 사회생활에 공통적으로 적용시킬 수 있는 지혜라 할 수 있다. 우리 딸도 축구를 시작한 후 짧은 기간이지만 심신이 부쩍 성장했음을 본다. 원정 축구 경기가 있을 때 가며 오며 아이와 둘만의 대화를 나눌 수 있는 시간이 많아지고, 따라다니는 부모의 수고를 아이들이 알아주면서 부모와 더 좋은 관계를 맺게 되는 것은 축구가 주는 더 중요한 부가가치라 하겠다. 축구를 통해 심신을 단련할 수 있을 뿐 아니라 우리가 살아가면서 배양해 야 할 인생의 지혜를 습득할 수 있다는 점에서 한 번쯤은 아이들에게 축구를 시켜 보기를 권하고 싶다.

★ 단계별 운전면허 프로그램 ★

우리 큰아이가 드디어 혼자 운전을 하고 다니기 시작했다. 2년 전 처음 운전을 배울 때는 운전에 대한 호기심이 무척이나 많아 걱정이 되기도 했는데, 임시 운전 허가증instruction permit을 받고 나더니 운전에 대한 호기심이 사라졌는지 운전을 별로 하고 싶지 않아 했다. 처음에는 다행으로 생각했는데 나중에는 오히려 그것이 더 걱정되어 운전을 적극 권했다. 아침에 학교에 데려다줄 때나 함께 나가야 할 일이 있을 때, 일부러 운전을 시키며 좋은 운전습관에 대해 이런저런 이야기를 나누고 운전 기술을 전수하기도 했다. 11학년이 끝나갈 때쯤 되니 부모가 데려다주고 데리고 오는 것이 좀 창피한지 자기도 차가 있어야겠다는 말을 했다. 여름방학 동안 일자리를 구해 일도 해야 하고, 필자의 생각으론 고등학교 졸업하기 전에 그래도 부모와 함께 있을 때 충분히 운전 연습을 해야 졸업 후 집을 떠나 있어도 안심이 될 것 같아 필자가 타던 차를 몰고 다니게 했다.

10대들의 운전에 대한 규정은 10대들의 높은 사고율과 사망률을 낮추기 위한 노력의 일환으로 계속 강화되는 추세에 있다. 10대 운전자들의 높은 사고율은, 아이를 자동차 보험에 포함시킬 때 보험료가 올라가는 것으로 인해 바로 현실적으로 느낄 수 있다. 질병관리센터의 통계에 따르면 미국에서 10대들의 사망 원인은 차 사고가 36퍼센트로 단연 1위를 차지하고 있다. 한 해에 5,000명이 넘는 16~20세가 자동차 사고로 목숨을 잃고 40만여 명이 중상을 입는다고 하는데, 이는 다른 연령대의 운전자보다 네 배 이상의 높은 수치數値다. 10대들이 사고를 많이 내는 이유로는, 위험한 운전 환경을 과소평가하는 경향이 있고 상황에 대한 위험도를 인지하는 능력이 떨어지는 문제도 있다고 한다. 그렇기 때문에 10대 운전자가 과속이나 앞차를 바짝 따라가는 운전 습관을 쉽게 가지게 되고, 안전벨트 미착용률도 높다는 것이다.

2008년부터 더욱 강화된 일리노이주의 단계별 운전면허 프로그램 graduated driver licensing program에 따르면, 아이가 15세가 되어 허가된 교육기관에서 운전 교육을 받고 시력 테스트와 필기시험을 통과하면 보호자의 동의하에 임시 운전 허가증을 발급받을 수 있다. 허가 단계 permit phase라 부르는 이 기간 중에 보호자와 50시간(밤 운전 열 시간 포함)의 운전 연습 시간을 채워야 한다. 최소한 9개월 동안 이 단계를 유지해야 하는데, 이 기간 중에는 밤 10시 이후부터 아침 6시까지―

주말에는 밤 11시부터 아침 6시까지—는 운전을 할 수 없다. 이 기간 중에 교통법규 위반을 하게 되면 허가 단계 기간이 연장이 된다. 위반 사항 없이 허가 단계를 통과하면 16세에 운전면허증을 받을 수 있는데, 18세가 될 때까지의 기간인 초기 면허 단계initial licensing phase 동안 지켜야 하는 여러 가지 규정이 따른다. 먼저 아이가 운전면허를 받을 때는 보호자가 반드시 함께 가서 동의서에 서명해야 하는데, 이는 운전자뿐 아니라 보호자의 책임을 강화한 의미가 있다. 실지로 일리노이주는 청소년 차 사고에 대한 보호자의 책임에 대해서도 규정해 놓고 있다. 부모는 18세 미만 자신의 아이들에 대한 운전 기록을 주정부 웹사이트에서 열람할 수 있는 권한을 가지며, 18세 전의 교통법규 위반 건수에 대해서는 부모에게도 경고 편지가 발부된다. 이 기간 동안에도 밤 10시 이후부터 아침 6시까지—주말에는 밤 11시부터 아침 6시까지—는 운전을 할 수 없다. 첫 1년 동안은 형제자매를 제외하고 같이 탈 수 있는 20세 미만 승객은 단 한 명으로 제한된다. 태울 수 있는 승객의 수를 제한하는 것은 10대 운전자의 사고 요인으로 '주의 산만'이 큰 부분을 차지하기 때문이다. 이 기간 동안 교통법규를 위반하게 되면 각종 규제가 18세 이후까지 연장되어 적용된다. 두 번 교통 법규 위반을 하게 되면 그 경중에 따라 면허가 정지가 되기도 한다. 아무런 위반 사항 없이 18세가 되면 드디어 정식 면허 단계full licensing phase가 되어 나이에 따른 각종 제약들은 없어지나, 19세까지는 운전 중 휴대폰의 사용은 금지된다.

필자에겐 15세에 운전을 배우고 16세에 운전면허증을 받는다는 것이 너무 이르지 않나 하는 생각도 있었다. 하지만 15세면 일을 할 수도 있는 나이이기에 대중교통 수단이 발달하지 않은 미국에서 운전은 생계를 위해서라도 필수적이라 하겠다. 경험이 부족하고 아직 성숙하지 못한 10대에게 운전이란 매우 위험한 일이지만 자동차 사고는 대부분이 미연에 방지할 수가 있다는 점에 주목할 필요가 있다. 위에서 언급한 일리노이주에서 도입한 단계별 운전면허 프로그램graduated driver licensing이 40퍼센트 정도의 10대 자동차 사고율과 사망률을 감소시키는 효과가 있다고 한다. 부모들도 각 주州마다 도입하는 10대 운전자들을 위한 법을 잘 숙지하고 활용해 자녀들의 안전운전을 위한 바른 운전 습관을 들이도록 적극적인 관심과 노력을 기울여 교통사고에 인한 안타까운 인명 피해를 예방하도록 해야 하겠다.

★
학교 건물의 증축과 신축
★

미국에서 시작된 경제 위기가 모든 경제 부문을 어려움에 몰아넣고 있는 가운데, 미국 50개 주 중 46개 주가 그 여파로 재정 적자에 허덕이는 실정이라니, 막강할 것 같은 주 정부도 불경기는 피해 갈 수 없는가 보다. 최근 일리노이주는 늘어나는 적자 폭을 메우려 직원의 감원, 복지 예산 절감, 운전면허 및 차량 등록비 인상, 주류세, 소득세 인상 등등의 노력을 하다 마침내 9억 달러 규모의 채권 발행을 통해 긴급히 자금 조달을 하려 하고 있다. 주 재정이 얼마나 부실한지 자세히는 알 수 없지만 일리노이주의 적자 규모는 135억 달러, 미상환 부채는 50억 달러, 연금 결손액은 50퍼센트, 실업률은 11퍼센트가 넘는다니 이렇게 가다가는 주 정부가 파산하지는 않을까 걱정이다.

주州 정부와 시市 등이 심각한 재정난에 허덕이는데 필자가 교육위원으로 봉사하고 있는 던랩 학군만 다행히 그 불황의 영향에서 살짝 벗어나 있다. 피오리아시의 서북쪽 외곽을 둘러싸고 있는 듯이 위치한 던랩 학군 지역은 얼마 전까지만 하더라도 옥수수 밭이나 미개발 지역이 대부분으로, 인구도 적고 별 볼 일 없는 학군이었다. 학교도 고등학교와 중학교가 하나씩 그리고 초등학교가 3개뿐인, 학생 총수가 2,000여 명이 좀 넘는, 학군 중에서도 작은 학군이었다. 그런데 10여 년 전부터 저금리정책을 타고 건축 붐이 일어 피오리아 외곽 지역이 빠른 속도로 주거 지역화되기 시작했다. 이에 따라 학생 수가 급속히 증가해 현재는 재학생 수가 대형학군연합Large Unit District Association에 가입할 수 있는 자격이 되는 3,500여 명으로 늘었다. 주택 수가 늘어나니 세율을 올리지 않고도 학교로 들어오는 세수가 1년에 평균 10퍼센트씩 증가하기 시작했다. 던랩 학군의 재정은 카운티에 납부된 재산세가 바로 학교로 들어오게 설정이 되어 있어 주 정부에 대한 재정 의존도가 적다. 15년 전만 해도 학군 내의 주택과 상업 지대의 부족으로 이러한 재정 구조가 학교 운영에 어려움을 주었지마는 현재는 충분한 주택단지의 개발로 재정 자립도가 튼실해져 주 정부의 의존도가 적은 것이 오히려 득이 되고 있다. 바로 옆 학군은 주 정부로부터 오는 재정이 대폭 줄어 교사를 줄이고 학교를 통폐합하는 불행한 사태가 벌어지는 데 반해, 던랩 학군은 오히려 반대로 불경기에 학교를 지어야 하는 행복한 문제로 고민하고 있다. 지난 10년 동안 던랩 학군 지역의 개발로 인한 학생 수의 증가를 감당하기 위해 초등학교, 중학교를 하나씩 새로 신축했고, 기존의 초등학교와 고등학교를 증축했다. 그 후에도 계속 늘어 가는 학생 수로 학교는 포화상태에 이르러 현재 고등학교는 세 번째 증축하는 중이다. 학교의 제반 시설과 학급당 학생 수를 증축으로는 더 이상 감당할 수 없는 수준에 이른 초등학교의 경우에는 새 학교를 세우기 위한 준비 작업을 하고 있다. 총 예산 2,000만 불 이상 들어가는 600명 규모의 초등학교를 세우는 데 그 준비 과정에서만 여러 달이 걸린다. 먼저 새로운 학교가 정말 필요한지 분석하기 위해 기존 학교의 가능한 학생 수용 능력과 과거 몇 년간의 학생 수 증가율, 지역의 인구 증가율 등 각종 데이터를 검토한다. 새 학교의 신축이 필요하다는 결론이 나면 부지를 확보하고 어떠한 학교를 건축할지를 결정하게 된다. 이를 위해 새로운 디자인으로 최근 건축된 참고가 될 만한 학교들을 시찰하고 학교 건물 전문 디자인 회사를 선정한다. 디자인이 결정이 되면 도면대로 시공을 할 시공자를 선정하는데, 그러면 대략 학교의 규모와 디자인 그리고 시공비 등이 산출된다. 이 모든 일을 학교의 교육감이 주도하고, 교육위원회는 교육감이 제출한 계획서를 검토하고 최종 승인을 하는 역할을 한다.

교육에 관련된 법규에 따르면 기존 학교의 시설을 늘리기 위한 증축은 교육위원회에서 승인을 하면 학교의 필요와 재정 사정에 맞추어 시공을 하면 된다. 이때 증축이란 개념은 새 시설이 기존의 건물에 붙어 있어야 하는 것이다. 그러나 독립된 새로운 학교를 지어야 할 경

학교 신축 기공식. 첫 삽을 뜨고 있는 장면(왼쪽에서 두 번째가 필자)이다.

우에는 교육위원회 승인이 나더라도 최종 시행 결정은 지방선거에 부쳐 주민들의 찬반 투표로 결정이 된다. 새로운 학교를 지으려면 건축 비용뿐만 아니라 학교를 운영하기 위한 비용이 매년 필요하게 되고 이 새로운 비용을 확보하기 위해서는 주민들이 납부하는 재산세를 올려야만 가능하기 때문에, 지역 주민들의 의사를 물어 새 학교를 지을지 결정하는 것이다. 50퍼센트 이상 찬성으로 통과가 되면 준비하고 계획한 대로 학교 건축을 시행하면 되지만, 만약 부결이 되면 계획은 무산이 되고 학교를 지을 수 없게 된다. 학교가 포화상태가 되더라도 공립학교는 그 학군 지역에 거주하는 학생들을 받아들일 의무가 있기에 최악의 경우에는 학생들을 수용할 가건물을 임시로 세워 교실

등으로 사용하게 된다. 학생과 교사가 불편을 겪더라도 학교 신축의 결정은 그다음 해에 있을 지방선거로 넘어가게 된다. 그러한 불편을 방지하고 아이들에 대한 적절한 교육 활동을 제공하기 위해 학교 당국과 교육위원회는 학교 신축의 필요성을 여러 소통 경로와 절차를 통해 학부모와 주민에게 알린다. 또한 학교의 신축이 학생을 가진 가정뿐 아니라 나아가 지역사회 전체에 이익이 된다는 점을 강조하는 홍보 활동을 한다. 교육의 질과 양을 결정하는 중요한 선택을 그 지역에 거주하는 주민들에게 맡기는 이 미국 교육 시스템의 한 특징은 전형적인 민주적 사회 시스템에 기반을 두고 있다는 것이다. 경기가 아직 침체에서 벗어나지 못한 상태에서 주민들이 부담할 세금을 올리는 학교의 신축이 11월 지방선거 주민 투표에서 과연 통과될지 귀추가 주목된다.

★
자녀의 이성 교제

★

벌써 8월이다. 아이들의 여름방학도 이제 막바지로, 개학이 얼마 남지 않았다. 학생들은 방학 중에 자신의 취향이나 필요에 따라 여러 가지 다양한 활동을 했을 것이다. 필자의 아이들도 짧게는 며칠, 길게는 몇 주간의 서머캠프 생활을 체험했다. 마음에 맞는 친구들을 캠프에서 만나 여러 날을 함께 생활했던 터라 각자 집으로 돌아가는 마지막 날에는 아쉬움이 컸단다. 그런데 남녀 학생들이 거리낌 없이 긴 포옹을 하며 작별의 아쉬움을 달래는 것은 미국 생활을 오래 한 필자에게도 익숙지 않은 광경이다. 집에 돌아오는 차 안에서도 계속 문자 메시지를 주고받고, 집에 와서는 요즘 인기 있는 페이스북Facebook에 친구 등록을 해 채팅하고, 컴퓨터를 통한 화상대화도 하며 소통을 유지한다. 발전된 기술을 십분 이용해 어디에 있든지 소통을 이어 간다. 그 사이에 남자 친구라도 사귀었냐고 장난스럽게 물어보면 그냥 친구라 하는데, 너무 관심을 보이면 오버하는 것 같고 모른 체하자니 궁금증을 참기 어렵다.

자녀들이 자라면서 특히 청소년기에 이성에 대한 관심을 가지게 되는 것은 극히 자연스러운 일이다. 학교 또는 사회생활을 하는 동안 이성과 함께 공부하고 일하고 또 언젠가는 이성과 결혼해 가정을 꾸려야 하기에, 이성 친구를 사귀는 것은 인간관계의 한 필요한 부분이며 성숙한 인격체로 발전하는 중요한 과정이다. 그러나 언제 어떠한 방식으로 교제를 진행하는 것이 바람직하고 부모는 이를 어떻게 받아들이고 아이들을 올바른 방향으로 지도해야 할 것인지는, 유경험자인 학부모들에게도 결코 쉬운 일은 아닐 것이다.

자녀들의 이성 관계에 관심을 갖고 걱정하는 것은 부모로서 당연하다고 하겠으나, 요즈음 아이들의 이성 교제 방식과 속도는 과거와는 많이 달라 부모들의 각별한 이해와 지도를 위한 노력이 필요하지 않을까 생각한다. 특히 이민 1세들의 부모가 흔히 가질 수 있는 이성 교제에 대한 편견이나 유교적인 가치관을 아이들에게 주입하려 하는 것은, 그 생각의 옳고 그름을 떠나서 아이들에게 대한 교육적 효과를 이끌어 내는 데에는 한계가 있다. 특히 우리의 2세들은 남녀 관계가 개방적이며 자유분방한 미국 문화 가운데서 자라기에, 부모가 가지고 있는 고정관념을 2세들에게 강요하다 보면 문화적, 세대적 충돌을 피할 수가 없다.

부모는 요즈음 청소년들의 이성 교제에 대한 시각이 부모 세대의 이성관과 상당히 다르다는 것을 먼저 인식해야겠다. 요즈음 아이들의 이성 교제는 우선 시기적으로 과거보다 훨씬 빠르게 시작된다. 과거와는 달리 최근에 와서는 식생활, 주거 환경, 운동 양식 등이 개선되어 아이들의 신체적 발육 또한 크게 향상되어서 성장기에 거치게 되는 사춘기도 과거 보다 2, 3년 빨라지게 되었다. 그리고 과거에는 없었던 휴대폰, 인터넷 등의 사회적, 문화적 환경의 변화로 남녀 교제가 훨씬 용이해지고 남녀 관계를 일찍부터 보고 들으며 자라나게 되었다.

이성 교제가 성장기, 청소년기에 거치는 자연스러운 것이라는 사실을 부모가 현실적으로 받아들이고 마음을 연 대화를 통해 건전한 인간관계의 중요성을 가르치는 것이 좋을 것이다. 자녀가 이성 친구를 사귀고 있다는 낌새를 알게 되면, 자녀들의 이성 교제에 대해서 관심은 갖되 지나친 오해는 금물이다. 순진한 생각으로 친구를 사귀는 아이에게 큰 잘못을 한 것처럼 야단을 친다면, 그 자녀는 부모에게 실망하고 부모와의 관계가 소원해지는 등 오히려 상황이 나빠질 수가 있다. 부모는 자녀로 하여금 이성 교제에 대해서 자유롭게 이야기할 수 있는 분위기를 만들며, 이성 교제가 진행되는 과정에 자녀의 행동이 어떻게 달라지는지 유심히 관찰해야 한다. 만일 이성 친구를 사귀고 있다면 상대의 어떤 점이 좋은지, 어떤 대화를 하는지 등을 물어보면서 자녀와 솔직한 대화를 자주 해야 한다. 자녀와 대화를 할 때 주의해야 할 점은 감정을 자제할 것과 자녀에게 신문하듯 해서는 안 된다는 것이다. 자녀는 부모가 자기를 믿어 주고 친절히 조언해 준다고 생각하면 숨김이 없이 마음을 열고 의논을 해 올 것이지만, 부모가 자기 의견에 무조건 반대만 한다고 생각하면 말문을 닫을 뿐 아니라 심지어 반발을 하게도 될 것이다.

자녀의 건전한 이성 교제를 위한 부모의 역할은 자녀의 올바른 자아관과 이성관을 정립시켜 주는 것이다. 자녀에게 나는 얼마나 중요한 사람인가, 우리 가족에서 어떤 위치를 차지하고 있는가, 자기에 대한 가족의 기대 수준과 가치관은 어떠한가를 생각해 볼 수 있도록 하는 것이 중요하다. 바람직한 이성 교제를 위해서는 이성 교제를 하는 목적과 성적 행동에 있어서 자신이 판단하고 결정하는 자기 결정 의식을 가져야 한다고 전문가들은 말한다. 자신의 주관이 바르게 정립되지 않은 상태에서는 주변 상황이나 환경에 이끌려 충동적으로 행동할 가능성이 많지만, 자아의식이 잘 정립된 학생들은 자신의 정체성에 대해 긍정적이고 자신에 대해 사려가 깊고 책임감이 있기에 중요한 순간에 올바른 선택을 하게 된다.

자녀는 이성 교제를 통해 많은 것을 배우며 성숙한 인격체로 자라게 된다. 자신을 좋아해 주는 또래 친구가 생기면 자신감도 생기고 서로 다른 점도 이해하게 되고 인간관계에서 생기는 오해와 갈등을 해결해 나가는 방법도 배우게 된다. 이러한 성숙한 성인으로 성장해 가는 과정을 자녀 스스로 성공적인 경험을 할 수 있도록 부모는 보조적인 역할에 머물러야 할 것이다. 남녀 간 서로를 인격체로서 이해하고 존중할 수 있음을 가르치고 이성에 대한 감정은 동성 간의 우정과는 또 다른 도덕적 책임이 따른다는 것을 깨달아 지혜로운 선택을 할 줄 아는 판단력을 길러 주어 인성 교육의 목적을 달성할 수 있다면 자녀를 바람직한 이성관을 갖도록 이끌었다 할 수 있겠다.

★

대학 지원

★

새로운 학기의 시작으로 필자의 큰 아이가 이제 12학년이 되었다. 지금부터 올해 말까지 시험을 마무리하고 지원할 대학을 선정하고 입학원서를 작성해서 보내야 한다. 시니어senior 교과과정과 지금까지 해 오던 과외활동까지 하면서 대학 지원 프로세스를 함께 진행시켜야 하니 과연 모든 일을 제대로 할 수 있을지 걱정스럽다.

어떤 대학이 있는지 필자가 거주하는 일리노이주에 위치한 대학을 살펴보니 무려 144개 대학들이 있는데, 그중 사립대가 89개로 가장 많고, 커뮤니티 칼리지가 42개, 그리고 13개 주립대가 있다. 대표적인 주립대인 일리노이대University of Illinois와 일리노이주립대Illinois State University를 포함해 명문 사립인 시카고대University of Chicago, 노스웨스턴대Northwestern University, 로욜라대Loyola University, 규모는 좀 작지만 내실 있는 브래들리대Bradley University, 일리노이공대Illinois Institute of Technology 등이 있고, 칼리지 규모로는 위튼대Wheaton College, 일리노이웨슬리안대Illinois Wesleyan University, 녹스칼리지Knox College 등이 있다. 그러고 보니 일리노이를 교육의 주라고 불러도 될 만큼 대학 수도 많지만 유명한 대학이 꽤 많이 있는 편이다.

대학을 고를 때 한인 부모들은 아마도 보통은 인지도가 높은 소위 명문 대학을 먼저 선호할 것이다. 이는 교육적인 측면보다는 좋은 학교에 보냈다는 부모의 자부심이나 성취감 때문이 아닐까 생각한다. 그리고 명문대 졸업을 사회적 출세로 인식하는 한국적인 사고의 틀에 기인한 것이라 생각된다. 한국에서 자라고 교육받은 필자도 이러한 사고에서 자유로울 수 없음을 인정한다. 물론 이러한 측면이 바람직하지 않다는 뜻은 결코 아니지마는 워낙에 다양하고 특별한 많은 대학교들이 있으니 자신의 목적과 취향에 맞는 대학교를 선택하는 것이 궁극적으로 행복한 생활을 영위하는 데 그 바탕이 되지 않을까 하는 생각을 해 본다.

전형적인 미국 기업인 캐터필러사에서 12년간 일하면서 회사에서 학력이 좋아서 성공하는 사람은 본 적이 없다. 명문 대학을 나왔으면 처음 입사할 때 약간의 유리한 점이 있을지 모르나, 일단 회사에 취직이 되면 그 전의 학력은 그저 기록일 뿐 더 이상 따지지 않는다. 사실 명문대 나왔다고 면접이나 서류 심사에 가산점은 없다. 하지만 대학교에서 배운 전공에 대한 지식과 경험 그리고 인턴 등의 경력을 주로 심사한다. 대학교에서 이수한 전공에 대한 과목과 학점도 중요한 평가의 대상이다. 이는 물론 대학 간의 차이점은 인정하면서도 어느 대학이나 교육은 충실히 시킨다는 신뢰가 쌓여 있기에 해당 분야의 학부 학위를 취득했으면 일단 자격은 갖추었다고 인정해 주는 것이다.

신입 사원들은 특히 입사 초기에 회사 업무 파악을 위해 여러 부서를 옮겨 다니며 다양한 업무와 경험을 하게 하는데 처음 회사에 입사할 당시의 뽑은 당사자인 채용 담당자hiring manager가 아니면 그 사원이 어느 대학을 나왔는지 알 수 없으며 궁금해하지도 않는다. 일에 대한 성과로 평가받고 보상을 받는 인사 시스템이 정착되어 있기에 대학교에서 받은 양질의 교육을 실제 업무에 적용해 업무 성과를 내어야지, 좋은 대학 나왔다고 해서 특권이나 기득권은 주어지지 않는다. 세계적인 중장비 회사인 캐터필러사의 회장과 다섯 명의 사장, 스물여덟 명의 부사장 학력들을 살펴보니 외국에서 대학을 나온 경우를 제외하면 대부분이 미주리대, 일리노이대, 웨스턴일리노이대, 이스턴일리노이, 밀리킨대, 브래들리대, 위스콘신대, 아이오아대, 아이오아주립대, 노스다코다대 출신이고, 소위 사립 명문대 출신은 단 두 명으로 각각 노스웨스턴대와 노틀담대를 졸업했다. 재미있는 것은 캐터필러는 글로벌 회사인데도 중서부에 위치한 까닭인지 회사의 최고위직의 출신 대학은 대부분 중서부에 위치한 평범하다 할 수 있는 대학이다. 회사에서 성공한 이들의 공통적인 특징은 학부를 마치고 입사해 30년 정도 캐터필러사에서 근무를 했고 회사에서 다양한 업무와 직책을 성공적으로 수행해 냈다는 것에 있다. 결국 업무 능력과 회사의 대한 충성심을 검증받아 그 자리에까지 올라간 것이라 가늠해 볼 수 있다.

순간의 선택이 10년을 좌우한다는 지나간 선전 문구가 떠오른다. 자녀가 진학할 대학의 선택이 평생을 좌우할 것처럼 생각되지만 필자의 경험으로는 대학 선택은 대학 졸업 바로 직후의 진로인 취업 또는 대학원 진학에는 영향을 미칠지라도 그 이후에는 또 그때 쌓은 지식과 경력, 이루어 놓은 업적으로 평가되기에 어느 대학 출신이라는 효과는 10년도 가지 않을 것 같다. 한번 자신의 능력을 증명하고 살아가면서 그 기득권을 계속해서 행사할 수 있으면 편하겠지만, 무한 경쟁 시대인 지금 상황은 매번 자신의 위치에서 능력을 증명해야 또 다음 기회가 주어지기에 방심하지 않고 항상 열심히 노력하는 자세가 성공적인 삶을 살기 위해서 반드시 필요하다 하겠다.

★ 홈커밍 축제
★

미국 고등학교에서 주최하는 연례행사 중에 홈커밍이라는 큰 행사가 있다. 홈커밍 주가 다가오면 몇 주 전부터 학생, 교사와 부모들은 여러 가지 준비로 분주해진다. 학교 캠퍼스를 홈커밍을 위해 치장하고 각 교내 서클 및 운동부별로 퍼레이드를 준비한다. 학교에서도 특별히 홈커밍 주간에 준비한 게임이나 행사 등을 통해 축제 분위기를 고조시킨다.

홈커밍의 전통은 1800년대 중반 대학에서 졸업생들의 미식축구 시합에서부터 기원되었다고 한다. 여러 가지 주장 중에 1911년에 있었던 미주리 대학과 캔사스 대학의 미식축구 경기로 부터 홈커밍 행사의 틀이 유래됐다고 보는 것이 가장 설득력 있다고 한다. 그 당시 라이벌이었던 두 학교 간의 운동경기를 홍보하고 지역 주민의 관심과 참여를 높이기 위해 모든 졸업생들을 경기에 초청했는데, 미식축구 경기뿐 아니라 퍼레이드, 모닥불 집회 등의 행사들을 준비해 큰 성황을 이루었다. 이것이 유래가 되어 해마다 가을 학기 9, 10월 즈음에 학교 미식축구 홈경기를 중심으로 퍼레이드와 각종 행사를 갖는 것이 홈커밍의 전통으로 이어져 내려오게 되었다.

홈커밍 축제. 중학교 밴드부가 행진하고 있는 모습이다.

홈커밍 축제의 하이라이트는 홈커밍 주말 저녁에 있는 댄스파티다. 학생들에게는 몇 주 전부터 이 댄스파티가 주된 화제다. 남녀 학생들이 짝을 이루어 참석하는 파티이기에 당연히 학생들뿐 아니라 학부모들에게도 누가 누구와 함께 가는지가 최대의 관심거리가 된다. 댄스파티는 평소에 이성 친구가 있는 경우에는 함께 가겠지만, 특별히 이성으로서 사귀는 친구가 없는 대부분의 경우에는 보통 남학생이 홈커밍 댄스파티에 같이 가고 싶은 여학생에게 같이 가자는 요청을 한다. 물론 짝 없이 친구들끼리 그룹으로 가기도 한다. 짝을 찌어 가는 경우에는 남학생은 코사지corsage를, 여학생은 부트니어boutonniere를 준비해 서로에게 달아 준다. 남녀 학생 모두 평소와는 달리 정장 차림으로 모이기에 부모들도 모이는 장소에까지 따라가서 사진을 찍으며 함께 즐긴다. 평소에는 어리고 철없게 보이던 아이들도 이때만큼은 제법 의젓한 선남선녀 티가 난다. 사진 촬영이 끝나면 함께 모인 그룹끼리 저녁을 함께하고 댄스파티가 열리는 학교로 향하게 된다. 홈커밍 댄스파티는 보통 학교 체육관이나 식당 같은 넓은 공간에서 열리는데 나름대로 격식을 갖춘다. 실내를 꾸미고 화려한 조명과 성능 좋은 스피커를 설치해 댄스클럽 같은 분위기를 연출하고 전문 DJ 또는 밴드 등을 고용해 신나는 음악으로 흥을 돋운다.

처음 댄스파티에 아이들을 보내는 부모의 마음은 불안하면서도 한편으론 대견한 심정일 것이다. 또 다른 한편으론 이러한 서구적인 문화에 익숙지 않아 마음이 불편한 부모들에게는 댄스파티가 문화적 거부감으로 다가올 수도 있다. 이로 인해 즐거워야 할 홈커밍 축제 기간에 아이들과 오히려 의견 충돌로 감정을 상할 소지도 다분히 많다. 한창 이성에 호기심을 가질 만한 나이에 건전한 이성 간의 만남과 교제를 학교 내에서 제공해 주는 것이 고등학교에서 주최하는 댄스파티의 의미일 것이다. 물론 아직은 분별력과 자제력을 키워 가는 성장 과정에 있는 학생들이기에 때로는 들뜬 분위기에 휩싸여 하지 말아야 하는 행동을 하는 경우도 있을 수 있고, 심한 경우에는 탈선으로 이어지는 부작용이 있기도 한다. 학교 당국에서는 학생들의 건전한 문화생활을 모두가 즐기게 하기 위해 적절한 규정을 두어 혹시 있을지도 모를 부적절한 행동을 사전에 방지하려는 노력을 한다. 파티에 참석하는 학생들의 신분을 일일이 확인하고 파티장 안에는 학교장 및 여러 선생님들과 심지어 경찰관까지 동원해 불상사를 막고 건전한 놀이가 되도록 보호 감독을 한다. 하지만 부정적인 면보다는 긍정적인 면을 적극 장려하는 것이 홈커밍 파티의 문화이며, 이러한 행사를 통해 학생들은 자연스럽게 성장할 수 있는 계기를 갖게 된다. 필자의 아이도 홈커밍 파티에 참석을 했는데 파티 전에 모인 친구의 가정에서 깊은 인상을 받았다. 그 가정은 자신의 집을 저녁 식사를 위한 장소로 제공하고 자신의 아이와 그 파트너뿐 아니라 파티에 함께 참석할 여러 남녀 학생들을 초청했다. 함께 온 부모들이 웨이터가 되어 아이들에게 고급 레스토랑의 정식 코스처럼 근사한 식사를 제공했다. 부모에게는 자신의 아이와 함께 파티에 갈 남녀 학생들을 가까이에서 알 수 있는 기회를, 아이들에게는 짧은 시간이나마 어른스럽게 행동할 수 있는 기회를 주어 모두가 어울려 함께 즐거운 시간을 가질 수 있었다.

어느 부모나 아이들이 고등학교 청소년 시기에 바른 이성관異性觀을 갖추며 원만한 인격체로 자라 주기를 바랄 것이다. 사실은 부모가 생각하는 것 이상으로 우리 청소년들의 의식구조는 성숙하기에 자녀들을 믿고 지원해 주는 것이 그들로 하여금 스스로 책임질 수 있는 예비 성인으로 자라게 하는 밑거름이 될 것이다.

★
대입 지원 에세이

★

12학년에 올라간 학생들의 지금 가장 큰 스트레스는 대학 지원에 필수 사항 중의 하나인 '에세이essay'를 작성하는 일이다. 어떤 대학은 고맙게도(?) 대입 원서에 에세이 제출을 요구하지 않기도 하지만 대부분의 대학들은 두세 개의 에세이를 요구한다. 다른 여러 대학에서 요구하는 에세이 주제들이 서로 비슷하기도 해서 중복되는 부분이 있기도 하다. 하지만 여러 대학을 지원하는 경우에는 여러 가지 다른 에세이들을 준비해야 하기에 미리 에세이의 주제를 선정하고 내용 구상을 일찍이 시작해야 대입 에세이를 성공적으로 준비할 수 있다. 학교에서도 보통 12학년들이 수강하는 영문학 시간에 대학 지원에 필요한 에세이를 쓰라는 과제를 내주어 아이들의 에세이 작성을 돕기도 한다.

많은 대학들이 8월 초에 2011학년도 대학 신입생을 위한 입학 지원

양식을 발표하면서 제출해야 할 에세이의 주제와 분량을 공개했다. 이제부터 원서 마감일까지 12학년들은 자신이 가고 싶어 하는 대학에 각종 원서를 준비해 보내야 한다. 정규 원서 마감일은 2011년 1월 초까지인데 조기 전형early decision or early action은 보통 11월 초가 마감이다. 수시 모집rolling base을 하는 학교는 일찍 접수할수록 합격의 확률이 커지기에 부지런히 서둘러야 한다. 지금까지 고등학교 생활의 모든 결과물을 바탕으로 입학 지원서를 작성해야 하는데 그 모든 땀과 노력의 마지막 화룡점정怜龍點睛이 에세이라 하겠다.

요즈음은 인터넷을 통해 대학 입학원서를 제출하는 것이 일반화되어 있어 여러 대학에 원서 제출과 그 진행 사항을 알아보는 것이 예전보다 쉬워졌다. 많은 학교들이 공동 지원common application 양식을 채택하고 있어 한번 원서를 작성하면 여러 학교에 활용할 수 있어 학생과 학부모의 수고를 덜어 주고 있다. 올해에 발표된 공동 지원 양식에 게재된 에세이 주제 몇 가지를 살펴보면 "직면했던 중요한 경험, 성취, 모험, 또는 윤리적 딜레마가 본인에게 어떠한 영향을 미쳤는지 평가하시오.", "개인, 지역, 국가 또는 국제적 관심사들의 문제와 그것이 자신에게 미치는 중요성에 대해 토론하시오.", "당신에게 큰 영향을 준 인물이 누구인지와 그 영향에 대해 설명하시오." 등이다. 학교 입학 사정관들이 이러한 광범위한 주제에 대한 에세이를 심사할 때는 어떤 특별한 답이나 내용을 찾는 것이 아니라, 지원자 인생의 한 단면을 보여 주는 짧은 글 속에 지원자의 개인적인 특성과 감성 그리고 그러한 것들에 대한 통찰력과 분석력이 담겨 있기를 기대하는 것이다. 많은 사람들의 생각과는 달리 대학들은 공부나 운동을 잘하는 학생들만을 선호하지는 않는다. 대학은 다양한 배경과 특성을 가진 지원자들을 선발해 다양한 학생 집단으로 이루어진 대학 캠퍼스를 만들려 한다. 그런데 제출하는 대입 원서 중에 다른 사람들과는 다른 자신만의 독특한 면을 설명하고 자신이 어떤 사람인지 알릴 수 있는 곳은 에세이뿐이다. 에세이를 통해 무엇이 자신에게 의미 있는 일이고 중요하면서도 흥미 있고 도전적인지를 부각시키면서 자신의 열정, 목표, 꿈 등을 담아 자신만의 이야기를 진솔하게 표현하면 좋은 에세이라 할 수 있겠다.

글쓰기를 즐겨하거나 평소 일기를 써 둔 학생들은 대입 에세이를 준비하는 데 어려움이 적을 것이다. 하지만 대부분의 학생들에게는 글을 쓴다는 것은 어렵고도 두려우며 스트레스가 많은 작업일 것이다. 이때 부모가 함께 에세이 주제에 대해 아이들과 이야기하고 쓸 만한 이야깃거리를 함께 생각해 보고 이야기를 어떻게 전개해 나갈지, 마무리는 어떻게 할지 함께 고민하다 보면 아이들이 에세이의 윤곽을 세우는 데 많은 도움이 될 것이다. 아이들이 잘 알아서 한다 하더라도 부모가 관심을 가지고 함께 의논하다 보면 더 훌륭한 에세이를 쓸 수 있지 않을까 기대해 본다.